Amélie Nothomb

Liebessabotage

Roman

Aus dem Französischen von Wolfgang Krege

Diogenes

Titel der Originalausgabe:
›Le sabotage amoureux‹

Umschlagillustration: Mary Cassatt,
›Little Girl in a Blue Armchair‹,
1878 (Ausschnitt)

200/95/8/1
ISBN 3 257 06057 2

In gestrecktem Galopp stürmte ich auf meinem Pferd zwischen den Ventilatoren hindurch.

Ich war sieben. Nichts war schöner, als sich die Luft durchs Hirn blasen zu lassen. Je sausender das Tempo, desto mehr Sauerstoff pfiff herein und lüftete den Kopf aus.

Mein Roß sprengte auf den Großen Ventilatorplatz hinaus, der beim niederen Volk der Tien-An-Men-Platz heißt. Es bog nach rechts ab, in den Boulevard der bewohnbaren Häßlichkeit.

Mit der einen Hand hielt ich die Zügel. Mit der anderen erforschte ich meine innere Unermeßlichkeit, bald die Kruppe des Pferdes tätschelnd und bald dem Himmel von Peking zuwinkend.

Vor Staunen über meine elegante Haltung blieb den Passanten, den Eseln und den Ventilatoren die Spucke weg.

Ich brauchte meinem Roß nicht die Sporen zu geben. China hatte es eigens für mich geschaffen: Es liebte die scharfe Gangart, getrieben vom inneren Feuer und von der Bewunderung der Menge.

Vom ersten Tag an hatte ich das Axiom begriffen: In der Stadt der Ventilatoren war alles abscheulich, was nicht prächtig war.

Was heißt, daß fast alles abscheulich war.

Woraus unmittelbar folgt: was an der Welt schön war, war ich.

Nicht daß meine sieben Jahre Haut, Fleisch, Haar und

Knochen imstande gewesen wären, die Traumgeschöpfe aus den Gärten Allahs und dem Ghetto der internationalen Kolonie in den Schatten zu stellen.

Das Schöne an der Welt waren mein langes, huldvolles Vorüberschweben bei hellichtem Tag, die Schnelligkeit meines Pferdes und mein wie ein Segel im Luftstrom der Ventilatoren geschwellter Kopf.

Peking roch nach Kinderkotze.

Auf dem Boulevard der bewohnbaren Häßlichkeit kam nur noch das Geräusch des Galopps gegen das Hüsteln aus vielen Kehlen an, gegen das Verbot jedes Umgangs mit Chinesen und gegen die schreckliche Leere der Blicke.

Das Roß wurde langsamer, als es sich der Absperrung näherte, damit die Wachtposten mich identifizieren konnten. Ich kam ihnen nicht verdächtiger vor als sonst.

Ich ritt ein ins Ghetto von San Li Tun, wo ich seit der Erfindung der Schrift lebte, seit fast zwei Jahren, in nächster Nähe der Steinzeit, unter dem Regime der Viererbande.

»Die Welt ist alles, was der Fall ist«, hat Wittgenstein in seiner bewundernswerten Prosa geschrieben.

Peking im Jahre 1974 war nicht der Fall: Ich wüßte nicht, wie ich es besser ausdrücken könnte.

Wittgenstein war nicht mein Lieblingsschriftsteller, als ich sieben war. Aber schon der Augenschein hatte mich, seiner Folgerung vorgreifend, zu dem Ergebnis geführt, daß Peking mit der Welt nicht viel zu tun hatte.

Ich fand mich damit ab; ich hatte ja mein Roß und das Gehirn voller luftverzehrender Tentakel.

Ich hatte alles. Ich war ein Epos von unermeßlicher Länge.

Verwandt fühlte ich mich nur der Großen Mauer, dem einzigen menschlichen Bauwerk, das vom Mond aus zu sehen ist, dem einzigen in meinem Maßstab. Sie friedete den Blick nicht ein, sondern lenkte ihn zum Unendlichen hin.

Jeden Morgen kam eine Sklavin mich kämmen.

Sie wußte nicht, daß sie meine Sklavin war. Sie dachte, sie sei eine Chinesin. In Wirklichkeit war sie staatenlos, denn sie war ja meine Sklavin.

Bevor ich nach Peking kam, hatte ich in Japan gelebt, wo es die besten Sklavinnen gibt. In China läßt die Qualität der Sklavinnen viel zu wünschen übrig.

In Japan, als ich vier war, hatte ich eine Sklavin ganz für mich allein. Oft warf sie sich mir zu Füßen. So fand ich es richtig.

Die Pekinger Sklavin hatte keine so guten Manieren. Morgens kämmte sie zuerst mein langes Haar; dabei stellte sie sich an wie ein Trampel. Ich heulte vor Schmerz und ließ sie im Geiste vielfach auspeitschen. Dann flocht sie mir ein oder zwei wunderschöne Zöpfe, nach der von ihren Ahnen überlieferten Methode des Zopfflechtens, an der auch die Kulturrevolution nicht ein Haar geändert hat. Es war mir lieber, wenn sie mir nur einen Zopf machte; das schien mir einer Person meines Ranges würdiger zu sein.

Diese Chinesin nannte sich Tre – ein Name, der mir von Anfang an ungehörig vorkam. Ich tat ihr kund, daß sie den Namen meiner japanischen Sklavin anzunehmen habe, die eine nette Person gewesen war. Sie guckte mich verdutzt an und nannte sich weiterhin Tre. Von Stund an hatte ich kapiert, daß etwas faul war in diesem Staate.

Manche Länder wirken wie Drogen. So auch China, das eine erstaunliche Kraft besitzt, alle, die dort gewesen sind, eingebildet zu machen – und auch diejenigen, die nur von China reden.

Die Einbildung bewegt zum Schreiben. Darum gibt es so unglaublich viele Bücher über China. Genau wie das Land, dem sie gelten, sind sie entweder von der besten Art (Leys, Segalen, Claudel) oder von der schlimmsten.

Ich war keine Ausnahme von dieser Regel.

China hatte mich sehr eingebildet gemacht.

Aber ich hatte eine Entschuldigung, die nur wenige dieser kläglichen Sinomanen vorbringen können: Ich war fünf Jahre alt, als ich ins Land kam, und acht, als ich es wieder verließ.

Ich erinnere mich noch sehr gut an den Tag, als ich erfuhr, daß ich nach China reisen und dort leben würde. Ich war noch keine fünf Jahre alt, aber das Wichtigste hatte ich schon begriffen: daß dies etwas war, womit ich mich später einmal rühmen könnte.

Es ist eine Regel ohne Ausnahme: Selbst Chinas ärgste Verleumder sehen etwas wie einen Ritterschlag darin, wenn sie das Land haben betreten dürfen.

Mit nichts kann man sich eleganter aufspielen, als wenn man mit gelassener Miene sagt: »Ich komme gerade aus China.« Und noch heute, wenn ich finde, daß jemand mich nicht gebührend bewundert, flechte ich mein »Damals, als ich in China lebte« mit gleichmütiger Stimme in irgendeinen Satz ein.

Darin ist China mit nichts zu vergleichen. Ich könnte ja schließlich ebensogut sagen: »Damals, als ich in Laos lebte« – was sogar noch extravaganter wäre. Aber so schick wäre es nicht. China ist der Klassiker, das Unübertreffliche, das Chanel N° 5.

Der Snobismus erklärt nicht alles. Auch die Phantasmen leisten einen gewaltigen, unwiderstehlichen Beitrag. Der Reisende, der nach China nicht einen Vorrat landesverschönernder Illusionen mitbrächte, würde nur einen Alptraum erleben.

Meine Mutter ist immer eine Frau von der heitersten Gemütsart gewesen. Aber an dem Abend, als wir in Peking ankamen, schlug ihr die Häßlichkeit so auf den Geist, daß sie weinte. Und sie weint sonst niemals.

Gewiß, es gab die Verbotene Stadt, den Himmelstempel, den Kohlenberg, die Große Mauer und die Minggräber. Aber das war die Sonntagsseite.

Für den Rest der Woche gab es Dreck und Hoffnungslosigkeit, erstarrte Betonströme, das Ghetto, die Überwachung – alles Dinge, in denen die Chinesen sehr stark sind.

Kein anderes Land blendet so sehr seine Besucher: Die Leute, die es verlassen, sprechen von den Herrlichkeiten, die sie gesehen haben. Bei aller Aufrichtigkeit neigen sie dazu, das Abscheuliche mit seinen vielen Tentakeln nicht zu erwähnen, das ihnen doch unmöglich entgangen sein kann. Ein seltsames Phänomen. China ist wie eine raffinierte Kurtisane, der es gelingt, ihre tausend Schönheitsfehler vergessen zu machen, ohne sie zu verbergen, und die all ihre Liebhaber betört.

Zwei Jahre zuvor, als mein Vater von seiner Ernennung für den Posten in China erfuhr, hatte er ein ernstes Gesicht gemacht.

Ich für mein Teil fand es undenkbar, das Dorf Schukugawa, die Berge, das Haus und den Garten dort zu verlassen.

Mein Vater erklärte mir, das sei nicht das Problem. Nach allem, was er mir erzählte, war China ein Land, dem es nicht gut ging.

– Ist da Krieg? fragte ich hoffnungsvoll.

– Nein.

Ich bin sauer. Da soll ich nun mein schönes Japan verlassen, um in ein Land zu gehen, wo noch nicht mal Krieg ist. Natürlich, China – hört sich gut an. Aber wie wird Japan ohne mich auskommen? Die Gedankenlosigkeit der Leute im Ministerium ärgert mich.

1972 wird die Abreise vorbereitet. Die Situation ist gespannt. Meine Teddybären werden eingepackt. China, höre ich sagen, ist ein kommunistisches Land. Das muß ich noch analysieren. Aber schlimmer ist, daß das Haus von allen Dingen leergeräumt wird. Eines Tages ist überhaupt nichts mehr da. Wir müssen fort.

Peking, Flughafen: kein Zweifel, dies ist ein anderes Land.

Aus unerfindlichen Gründen ist unser Gepäck nicht mit uns angekommen. Wir müssen auf dem Flughafen ein paar Stunden darauf warten. Wie viele Stunden? Zwei vielleicht, oder vier, oder zwanzig. Zum Zauber Chinas gehört auch das Unvorhergesehene.

Na schön. Dann können wir ja gleich mal anfangen, die Situation zu analysieren. Ich gehe mit Forschermiene auf dem Flughafen spazieren. Man hat mir nichts vorgemacht: Dieses Land ist in der Tat ganz anders. Ich könnte nur nicht genau sagen, worin der Unterschied liegt. Es ist häßlich, klar, aber von einer Art Häßlichkeit, wie ich sie noch nie gesehen habe. Es muß ein ganz bestimmtes Wort für diese Art Häßlichkeit geben, aber ich kenne es noch nicht.

Ich frage mich, was Kommunismus wohl sein kann. Ich bin schon fünf und habe zuviel Stolz, als daß ich die Erwachsenen fragen würde, was das heißt. Schließlich habe ich ja auch ohne ihre Hilfe sprechen gelernt. Wenn ich sie jedesmal hätte fragen müssen, was die Worte bedeuteten, würde ich heute noch lallen. Daß Hund Hund heißt und böse böse, habe ich ganz von allein begriffen; also seh ich nicht ein, warum sie mir helfen müßten, noch ein Wort mehr zu kapieren.

Um so weniger, als es ja nicht schwer sein kann: Hier gibt es doch so was ganz Eigentümliches. Ich frage mich, was es wohl ist: Da sind Leute, die alle gleich angezogen sind; da ist dieses Licht, so wie im Krankenhaus von Kobe; da ist...

Nur nichts überstürzen! Das hier ist Kommunismus, soviel ist sicher, aber was das heißt, da wollen wir uns nicht leichtfertig festlegen. Die Frage ist wichtig, denn es ist ja ein Wort.

Was ist also das Sonderbarste von allem, was es hier gibt?

Die Frage macht mich müde, ganz plötzlich. Ich lege mich auf eine der großen Steinfliesen des Flughafens und schlafe augenblicklich ein.

Ich werde wach. Ich weiß nicht, wie viele Stunden ich geschlafen habe. Meine Eltern warten mit etwas bedrückter Miene immer noch auf das Gepäck. Mein Bruder und meine Schwester liegen auf dem Boden und schlafen.

Den Kommunismus habe ich vergessen. Ich habe Durst. Mein Vater gibt mir einen Geldschein, damit ich mir etwas zu trinken kaufe.

Ich laufe herum. Nirgendwo hier gibt es bunte, sprudelnde Getränke wie in Japan. Es gibt nur Tee. »China ist ein Land, wo man Tee trinkt«, sage ich mir. Meinetwegen. Ich gehe zu dem kleinen alten Mann hin, der das Getränk ausschenkt. Er reicht mir eine heiße Schale voll.

Mit dieser riesigen Schale setze ich mich auf den Boden. Der Tee ist stark und erstaunlich. So einen habe ich noch nie getrunken. Binnen weniger Sekunden steigt er mir zu Kopf. Ich habe den ersten Rausch meines Lebens. Es ist sehr schön. Ich werde große Dinge verrichten in diesem Land. Ich hüpfe durch den Flughafen und drehe mich wie ein Kreisel.

Und plötzlich stehe ich Auge in Auge dem Kommunismus gegenüber.

Es ist finstere Nacht, als unser Gepäck endlich ankommt.

Ein Wagen bringt uns durch eine Welt, wie sie bizarrer nicht sein könnte. Es geht auf Mitternacht zu, die Straßen sind breit und verlassen.

Meine Eltern sehen immer noch bedrückt aus, meine beiden älteren Geschwister betrachten alles voll Verwunderung.

Das Tein entzündet nun Feuerwerkskörper in meinem Kopf. Ich lasse mir nichts anmerken, aber ich bin in heller Aufregung. Alles kommt mir grandios vor, bei mir selbst angefangen. In meinem Kopf hüpfen die Gedanken auf und nieder.

Ich mache mir nicht klar, daß mein Entzücken der Situation unangemessen ist. Ich weiß nichts vom China der Viererbande. Und das sollte drei Jahre lang so bleiben.

Der Wagen erreicht das Ghetto von San Li Tun. Es ist von hohen Mauern umgeben, und die Mauern sind von chinesischen Soldaten umgeben. Uns ist eine Wohnung im vierten Stock zugewiesen. Es gibt keinen Fahrstuhl, und über die acht Treppenabsätze rieselt Urin.

Wir schaffen das Gepäck hinauf. Meine Mutter weint. Ich begreife, daß es ungehörig wäre, zu zeigen, wie ich vor Glück außer mir bin. Ich behalte meine Freude für mich.

Vom Fenster meines neuen Zimmers aus gesehen, ist China zum Lachen häßlich. Für den Himmel habe ich nur einen herablassenden Blick. Auf dem Bett springe ich Trampolin.

»Die Welt ist alles, was der Fall ist«, schrieb Wittgenstein.

Der chinesischen Zeitung zufolge war in Peking allerlei Erbauliches der Fall.

Nichts davon ließ sich nachprüfen.

Jede Woche kamen im Diplomatengepäck die Zeitungen aus den Heimatländern. Die Artikel darin, in denen von China die Rede war, machten den Eindruck, als liege es auf einem anderen Planeten.

Ein Informationsblatt mit kleiner Auflage wurde an die Mitglieder der chinesischen Regierung und, in einem abwegigen Bemühen um Transparenz, auch an die ausländischen Diplomaten verteilt. Es kam von derselben Presseagentur wie die *Volkszeitung*, enthielt aber Nachrichten, die mit den von ihr verbreiteten nicht das Mindeste gemein hatten. Sie verzichteten der Wahrheit zuliebe auf Prahlerei, was jedoch keine Gewähr für ihre Richtigkeit bot: Unter der Viererbande wurden die Fabrikanten von Nachrichten aus der Vielfalt ihrer eigenen Versionen nicht mehr klug.

Um so schwerer war es für die ausländischen Gesandtschaften, sich darin zurechtzufinden. Und nicht wenige Diplomaten versicherten, letzten Endes hätten sie keine Ahnung, was in China los sei.

Für ihre Minister mußten sie daher die schönsten Berichte ihres Lebens schreiben, kleine literarische Meisterwerke; und für die Entdeckung mancher schriftstellerischer Begabungen braucht man keine andere Erklärung zu suchen als einen Aufenthalt in Peking.

Hätte Baudelaire gewußt, daß sein »Any Where out of the World« sich in dieser chinesischen Ansammlung von Wahrem, Falschem und weder Wahrem noch Falschem veranschaulicht findet, er hätte sich nicht so glühend dorthin gesehnt.

In Peking las ich im Jahr 1974 weder Wittgenstein noch Baudelaire noch die *Volkszeitung*.

Ich las damals wenig; ich hatte viel zuviel anderes zu tun. Lesen war etwas für die Erwachsenen, die immer viel Zeit zu vertrödeln hatten; die brauchten ja eine Beschäftigung.

Aber ich, ich hatte wichtige Aufgaben zu erfüllen.

Ich hatte mein Pferd, und das nahm drei Viertel meiner Zeit in Anspruch.

Ich mußte die Massen begeistern.

Ich mußte einem Image gerecht werden.

Ich mußte eine Legende um mich errichten.

Und vor allem, es war Krieg: der epische, schreckliche Krieg im Ghetto von San Li Tun.

Man nehme eine Horde Kinder jeglicher Nationalität und sperre sie zusammen in einen engen, betonummauerten Bereich. Dort lasse man sie frei und ohne Aufsicht.

Wer meint, die Gören würden da nun mit ausgestreckter Freundeshand aufeinander zugehen, ist ein bißchen naiv.

Zur Zeit unserer Ankunft fand gerade eine internationale Gipfelkonferenz statt, bei der herauskam, daß das Ende des Zweiten Weltkriegs ein einziger Pfusch gewesen war.

Alles mußte noch mal von vorn angefangen werden, denn es war klar, daß nichts sich geändert hatte: Die Bösen waren nach wie vor die Deutschen.

Und an Deutschen herrschte in San Li Tun kein Mangel.

Außerdem hatte dem letzten Weltkrieg das eigentlich Weltumspannende doch gefehlt; diesmal sollte die Armee der Alliierten alle möglichen Nationalitäten umfassen, mitsamt Chilenen und Kamerunern.

Aber weder Amerikaner noch Engländer.

Rassismus? Nein, Geographie.

Denn der Krieg beschränkte sich auf das Ghetto von San Li Tun.

Die Engländer wohnten nämlich in dem alten Ghetto, das Wai Jiao Ta Lu hieß. Und die Amerikaner wohnten alle zusammen auf ihrem eigenen Gelände, um ihren Botschafter geschart, einen gewissen George Bush.

Daß diese beiden Nationen fehlten, störte uns überhaupt nicht. Auf die Amerikaner und Engländer konnten wir verzichten. Nicht verzichten konnten wir dagegen auf die Deutschen.

Der Krieg begann 1972. In diesem Jahr habe ich eine tiefe Erkenntnis gewonnen. Niemand auf Erden ist unentbehrlich, außer dem Feind.

Ohne einen Feind ist der Mensch ein elendes Geschöpf. Sein Leben ist ein hartes Los, voll Nichtigkeit und Langeweile.

Der Feind ist der Messias.

Sein Dasein genügt allein schon, um dem Menschen einen Elan zu geben.

Dem Feinde ist es zu danken, wenn das Leben aus dem dummen Zufall, der es sonst wäre, zu einem Epos wird.

Und mit Recht hat Christus darum gesagt: »Liebet eure Feinde.«

Aber er zog daraus abwegige Folgerungen: Man müsse sich mit seinem Feind versöhnen, die linke Wange hinhalten und dergleichen.

Das wäre fatal! Versöhnt man sich mit seinem Feind, so ist er ja kein Feind mehr.

Und wenn er kein Feind mehr ist, muß man wieder einen neuen finden, und schon fängt alles von vorn an.

Und so kommen wir ja nicht weiter.

Also müssen wir unseren Feind lieben, ohne es ihm zu sagen. Versöhnung kommt überhaupt nicht in Frage.

Der Waffenstillstand ist ein Luxus, den der Mensch sich nicht erlauben darf.

Beweis: Zeiten des Friedens laufen immer wieder auf neue Kriege hinaus.

Wohingegen die Kriege meistens von Friedenszeiten gekrönt werden.

Was beweist, daß der Friede dem Menschen schadet, während der Krieg ihm nützt.

Die paar Unannehmlichkeiten, die der Krieg auch mit sich bringt, muß man also philosophisch hinnehmen.

Keine Tageszeitung, keine Presseagentur und kein Geschichtsschreiber hat je über den Weltkrieg im Ghetto von San Li Tun berichtet, der von 1972 bis 1975 dauerte.

Auf diese Weise habe ich schon in jungen Jahren gelernt, was Zensur und Desinformation alles bewirken können.

Denn kann man einen Konflikt wohl nicht erwähnenswert finden, an dem mehrere Dutzend Völker beteiligt waren und in dessen Verlauf so schreckliche Greueltaten verübt wurden?

Vorwand für dieses Schweigen der Medien: das Durchschnittsalter der Kriegsteilnehmer lag bei zehn Jahren. Stehen die Kinder denn außerhalb der Geschichte?

Nach der internationalen Konferenz von 1972 erfuhren die Erwachsenen durch einen Spitzel, daß ein Krieg bevorstand.

Die Eltern begriffen, daß die kriegerische Spannung zu stark war, als daß sie hätten versuchen können, den Ausbruch der Feindseligkeiten zu verhindern.

Nun hätte aber ein neuer Krieg gegen die Deutschen unerträgliche Rückwirkungen auf ihre Beziehungen zu den erwachsenen Teutonen gehabt. In Peking mußten die nichtkommunistischen Länder doch fest zusammenhalten!

Also kam eine Delegation der Eltern, um uns ihre Bedingungen aufzuzwingen: »Einverstanden mit dem Weltkrieg, denn er ist nun mal nicht zu vermeiden. Aber kein Westdeutscher darf als Feind behandelt werden.«

Diese Klausel störte uns nicht weiter: Die Ostdeutschen waren zahlreich genug, um als Gegner zu dienen.

Die Erwachsenen aber, damit nicht zufrieden, verlangten auch noch, daß die Westdeutschen ins Heer der Alliierten aufzunehmen seien. Dazu konnten wir uns denn doch nicht entschließen. Wir waren zwar bereit, sie in Ruhe zu lassen, aber Seite an Seite mit ihnen zu kämpfen wäre uns wider die Natur gegangen. Übrigens waren die westdeutschen Kinder auch selbst nicht kriegswillig: In Ermangelung eines Feindes blieben die Unglücklichen zur Neutralität verdammt und langweilten sich zu Tode.

(Mit Ausnahme einiger kleiner Verräter, die es mit dem Osten hielten; doch von diesen wenigen wurde nie gesprochen.)

In den Augen der Großen war die Situation also normalisiert: Der Kinderkrieg war ein Krieg gegen den Kommunismus. Ich kann bezeugen, in den Augen der Kinder war er das niemals. In der Rolle des Bösewichts konnten uns nur die Deutschen begeistern. Der Beweis ist, daß wir die Albaner, Bulgaren oder sonstigen Balkanvölker in San Li Tun nie bekämpft haben. Diese belanglosen Minderheiten blieben außer Betracht.

Die Frage nach der Beteiligung der Russen stellte sich nicht: Auch sie hatten ihr Botschaftsgelände für sich. Die anderen Ostblockländer wohnten in Wai Jiao Ta Lu, ausgenommen die Jugoslawen, die für Feinde zu halten wir keinen Grund hatten, und die Rumänen, die wir in unser Bündnis aufnehmen mußten, weil die Erwachsenen es verlangten; damals gehörte es sich, rumänische Freunde zu haben.

Dies waren die einzigen Eingriffe der Eltern in unsere Kriegserklärung. Ich darf betonen, wie unnatürlich sie uns vorkamen.

Mit meinen sieben Jahren war ich 1974 bei den Alliierten die Jüngste. Der Nestor, der schon dreizehn war, kam mir wie ein Greis vor. Die Hauptmasse unserer Truppen waren Franzosen, aber auch der afrikanische Kontinent war bestens vertreten: Kameruner, Malier, Zairer, Marokkaner, Algerier usw. füllten die Reihen unserer Bataillone auf. Außerdem hatten wir Chilenen, Italiener und diese famosen Rumänen, die wir nicht riechen konnten, weil sie uns aufgedrängt worden waren und sich wie eine offizielle Delegation benahmen.

Belgier waren wir nur drei: mein Bruder André, meine Schwester Juliette und ich. Andere Kinder unserer Nationalität gab es nicht. 1975 kamen noch zwei zierliche kleine Fläminnen, aber sie waren so hoffnungslos pazifistisch, daß wir nichts mit ihnen anfangen konnten.

Innerhalb der Armee bildete sich seit 1972 ein harter Kern von drei Ländern heraus, die durch alle Schlachten in unverbrüchlicher Freundschaft zusammenhielten: die Franzosen, die Belgier und die Kameruner. Die Kameruner hatten die lautesten Stimmen und die unglaublichsten Vornamen; sie lachten die ganze Zeit und wurden heiß geliebt. Die Franzosen fanden wir sehr drollig: Sie forderten uns in aller Unschuld auf, doch ruhig belgisch zu sprechen, woran wir viel Spaß hatten; außerdem erwähnten sie oft einen Unbekannten, dessen Name – er hieß Pompidou – mich immer zum Lachen brachte.

Die Italiener waren entweder von der besten oder von der schlimmsten Sorte; es gab unter ihnen ebenso viele Helden wie Angsthasen. Hinzu kam, daß der Heldenmut bei diesen wackeren Kriegern stark von der Laune abhing: Die Wagemutigsten konnten sich am Tage nach einer kühnen Tat als die ärgsten Feiglinge erweisen. Unter ihnen war eine namens Jihan, die halb Italienerin und halb Ägypterin war: Sie war mit ihren zwölf Jahren ein Meter siebzig groß und wog fünfundsechzig Kilo. Ein solches Monster war ein Trumpf in unseren Reihen. Sie konnte ganz allein einen deutschen Stoßtrupp in die Flucht schlagen, und wie sie dabei ihre Körpermasse ins Gefecht warf, mußte man einfach gesehen haben. Aber ihr beängstigend schnelles Wachstum tat ihrem Charakter nicht gut. An den Tagen, an denen Jihan wuchs, war sie unansprechbar und zu nichts zu gebrauchen.

Die Zairer waren große Krieger. Das Problem war nur, daß sie ebensooft gegeneinander wie gegen den Feind kämpften. Und wenn wir uns in ihre inneren Zwistigkeiten einmischten, kämpften sie auch gegen uns.

Schnell nahm der Krieg ernste Dimensionen an, und es schien, als könne unsere Armee auf ein Lazarett nicht verzichten.

Im Ghetto fanden wir bei der Ziegelei eine riesige Holzkiste, die bei einem Umzug als Behälter gedient hatte. Zehn von uns konnten darin aufrecht stehen.

Einstimmig wurde die Kiste zum Lazarett erwählt.

Nun brauchten wir noch das Pflegepersonal. Meine Schwester Juliette wurde als zu hübsch und zu zart gebaut für den Frontdienst befunden. Sie bekam den Titel einer Krankenschwester-Ärztin-Chirurgin-Psychiaterin-Direktorin und löste ihre Aufgaben mit Bravour. Den Schweizer Diplomaten, die ja bekanntermaßen hygienisch waren, stahl sie sterilen Verbandsmull, Quecksilbersalbe, Aspirin- und Vitamin-C-Tabletten (den letzteren schrieb sie eine zuverlässige Wirkung gegen Feigheit zu).

Bei einem Feldzug in großem Stil gelang es unserer Armee, in die Garage einer ostdeutschen Familie einzudringen. Die Garagen waren strategische Punkte von großer Bedeutung, denn dort hielten die Erwachsenen ihre Vorräte verborgen. Und Gott weiß, daß dies kostbare Güter waren, denn in Peking gab es auf den Märkten außer Kohl und Schweinefleisch kaum etwas zu kaufen.

In dieser Teutonengarage fanden wir eine ganze Kiste voller Tütensuppen. Sie wurden beschlagnahmt und in unser Lazarett gebracht. Nun galt es, noch eine Verwendung dafür zu finden. Ein Symposion befaßte sich mit dem Problem und fand heraus, daß die Suppe in Pulverform weit besser war als in aufgelöstem Zustand. In einer geheimen Besprechung mit der Oberschwester-Oberärztin entschieden die Generäle, daß dieses Pulver unser Kriegsplacebo sein sollte: Es wurde zum Allheilmittel für alle Wunden und Gebrechen des Körpers und der Seele erklärt. Wer es mit Wasser verrührte, sollte vors Kriegsgericht kommen.

Das Placebo hatte einen solchen Erfolg, daß unser Lazarett gar nicht mehr leer wurde. Die Simulanten waren zu entschuldigen: Juliette hatte aus dem Hospital ein Vorzimmer des Paradieses gemacht. Sie bettete die Kranken und Verwundeten auf Schichten der Volkszeitung, der *Renmin Ribao*, zur Ruhe, sie befragte sie ernst und einfühlsam nach ihren Leiden, sie sang ihnen Schlaflieder, und wenn sie geheilt entlassen wurden, dann mußten sie den Mund aufsperren und bekamen den Inhalt eines Beutels Suppenpulver hineingeschüttet. Allahs Gärten konnten kein angenehmerer Aufenthalt sein.

Die Generäle hatten zwar, was die Echtheit dieser Epidemien anging, ihre Zweifel, konnten aber eine Kriegslist nicht verwerfen, die alles in allem die Moral der Truppen zu heben schien und eine Anzahl Freiwillige anzog. Gewiß, diese neuen Rekruten wollten zunächst nur in der Hoffnung auf eine Verwundung Soldat werden. Aber die Heerführer durften ihrerseits hoffen, am Ende tapfere Streiter aus ihnen zu machen.

Mir gelang es nur dank meiner Hartnäckigkeit, unter

die Verbündeten aufgenommen zu werden. Man fand, ich sei zu klein. Es gab zwar im Ghetto noch mehr Kinder in meinem Alter, sogar jüngere, aber die hatten noch keinen militärischen Ehrgeiz.

Ich brachte meine Vorzüge zur Geltung: Mut, Beharrlichkeit, grenzenlose Treue und vor allem meine Schnelligkeit zu Pferde.

Diese letztere fand Beachtung.

Die Generäle debattierten lange unter sich. Endlich ließen sie mich rufen. Ich kam und zitterte. Sie sagten mir, wegen meiner Kleinheit und Geschwindigkeit sei ich zum Aufklärer ernannt.

– Und außerdem, weil du ja noch ein Baby bist, wird der Feind von dir nichts befürchten.

Die Schäbigkeit dieser Behauptung konnte mein Glück über die Ernennung nicht schmälern.

Aufklärer: ich konnte mir nichts denken, was schöner, großartiger, meiner würdiger gewesen wäre!

Es war ein Wort, das ich singen, auf dem ich wie auf einem Mustang reiten, an das ich mich hängen konnte wie an ein Trapez: Es blieb immer gleich schön.

Das Wohl und Wehe der ganzen Armee hängt vom Aufklärer ab. Unter Lebensgefahr dringt er ganz allein durch unbekanntes Gelände vor, um die Gefahren zu erkunden. Wenn eine Laune des Schicksals es so will, tritt er auf eine Mine und wird in tausend Stücke gerissen: Langsam erhebt sich sein Körper, nun ein heroisches Puzzle, als ein Atompilz von Fleischkonfetti in die Luft, und die Seinen, die im Lager zurückgeblieben sind, erblicken am Himmel all die Fragmente von organischer Substanz und rufen: »Das ist unser Aufklärer!« Und nachdem sich die tausend Fetzchen zur vollen Höhe ihrer historischen Bedeutung aufgetürmt haben, stehen sie für einen Moment schwebend im Äther und senken sich dann mit soviel Anmut zu Boden, daß selbst der Feind nicht umhinkann, dies edle Opfer zu beweinen. Auf solche Weise zu sterben war mein Traum; ein solches Feuerwerk würde meinen Ruhm unsterblich machen.

Die Mission des Aufklärers ist Aufklärung, und zwar in des Wortes vielfältiger Bedeutung. Mir paßte die Rolle wie auf den Leib geschnitten. Ich würde eine menschliche Leuchtfackel sein.

Weil er aber wie ein genialischer Proteus der widersprüchlichsten Erscheinungsformen mächtig ist, kann der Aufklärer auch unsichtbar und unhörbar werden. Verstohlen gleitet seine Silhouette durch die Reihen der Feinde, ohne bemerkt zu werden. Der Spion, eine pikareske Figur, verkleidet sich; der Aufklärer, ein epischer Held, läßt sich zu solchem Mummenschanz nicht herab. In den Schatten geschmiegt, setzt er hochmütig sein Leben aufs Spiel.

Und wenn er von einem selbstmörderischen Erkundungsgang ins Lager zurückkehrt, nimmt die Armee, sprachlos vor bewundernder Dankbarkeit, seine unbezahlbaren Informationen wie himmlisches Manna entgegen. Sobald er den Mund aufmacht, hängen die Generäle an seinen Lippen. Niemand gratuliert ihm, aber die weit geöffneten, leuchtenden Augen, mit denen man ihn ansieht, sprechen Bände.

Zeitlebens hat mich keine Ehrung mehr so beglückt wie

diese; kein Titel schien mir jemals dem Wert, den ich mir selbst beimaß, so von Grund auf angemessen.

Später, wenn ich mich einmal mit dem Nobelpreis für Medizin oder mit Märtyrerruhm begnüge, kann ich dieses ein wenig ordinäre Los vielleicht ohne allzuviel Ärger in der Erinnerung daran ertragen, daß ich den kostbarsten Teil meiner Existenz schon hinter mir habe, den mir in alle Ewigkeit niemand mehr nehmen kann. Bis zu meinem Tode würde ich die Leute immer wieder mit dem schlichten Satz blenden können: »Während des Kriegs war ich Aufklärer in Peking.«

Und ob ich auch Ho Chi Minh im Original las, Marx in klassisches Hethitisch übersetzte, eine Stilanalyse der Epanalepse im *Kleinen roten Buch* leistete oder das Denken Lenins in die Schreibweise der Oulipo transskribierte, ob ich nun meiner Reflexion den Kommunismus zum Fraß vorwarf oder meine Reflexion dem Kommunismus, ich bin seither zu keinem anderen Ergebnis gekommen als damals mit fünf Jahren.

Ich hatte kaum den Fuß ins rote Reich gesetzt, ich hatte noch nicht mal den Flughafen verlassen, da hatte ich schon begriffen.

Ich hatte den einzigen Vektor erkannt, der es ermöglichte, die Situation mit einem Satz zu erfassen.

Dieser Satz war wie alle großen Wahrheiten schön und schlicht, poetisch und ein wenig enttäuschend zugleich.

»Wasser siedet bei hundert Grad« – was für ein urwüchsig schöner Satz, der trotzdem ein klein wenig Unzufriedenheit hinterläßt!

Doch die wahre Schönheit muß unbefriedigt lassen: Der Seele muß ein Wunsch offenbleiben.

Und insofern war mein Satz wunderschön.

Er lautete: »Ein kommunistisches Land ist ein Land, wo es Ventilatoren gibt.«

Der Satz ist so kristallklar im Aufbau, daß er in einem Wiener Logik-Traktat als Beispiel dienen könnte. Aber ganz abgesehen von seinem stilistischen Reiz ist er verblüffenderweise auch noch wahr.

Auf dem Flughafen von Peking, als ich direkt vor einem Strauß Ventilatoren stand, ist mir diese Wahrheit mit der unerklärlichen Evidenz einer Offenbarung ins Auge gesprungen.

Diese seltsamen Blumen, die mit ihren rotierenden Blütenkronen in einer Art Salatkorb steckten, konnten nur Anzeichen einer außergewöhnlichen Umwelt sein.

In Japan hatte man Klimaanlagen. Ich kann mich nicht erinnern, dort je diese Plastikflora gesehen zu haben.

Auch in den kommunistischen Ländern hatte man hier und da Klimaanlagen, aber sie funktionierten nicht, und dann brauchte man einen Ventilator.

Ich habe später noch in anderen kommunistischen Ländern gelebt, in Burma und Laos, und meine 1972 gewonnenen Ansichten dort bestätigt gefunden.

Ich sage nicht, daß man in den nichtkommunistischen Ländern keine Ventilatoren kennt, aber sie sind dort viel seltener, und, worauf es letztlich ankommt, sie haben dort nichts zu bedeuten.

Für den Kommunismus aber ist der Ventilator, was das Epitheton für Homer ist: Homer ist nicht der einzige Autor, der Epitheta gebraucht; doch erst in seinem Munde gewinnen die Epitheta ihren vollen Sinn.

1985 hat Kusturica in seinem Film *Papa ist auf Geschäftsreise* eine Verhörsszene in einem kommunistischen Land gedreht, an der drei Personen beteiligt sind: der Verhörende, der Verhörte und ein Ventilator. Im Laufe der Fragen und Antworten, deren Folge kein Ende nehmen will, wendet sich der rotierende Kopf des Apparats bald dem Verhörenden, bald dem Verhörten zu; in einem unerbittlichen Rhythmus bleibt er vor jedem einen Moment stehen, ehe er zum anderen hinüberstreicht. Diese absurde und nervtötende Bewegung treibt das Beunruhigende der Szene auf die Spitze.

Während des ganzen Verhörs rührt sich sonst nichts, weder die beiden Männer, noch die Kamera: keine Bewegung bis auf dieses Hin und Her des Ventilators. Ohne ihn würde die Szene niemals diesen Grad von Starre erreichen. Er spielt eine Rolle wie der Chor in der antiken Tragödie, nur ist er noch viel unerträglicher, denn er läßt kein Urteil verlauten, er denkt nichts; er ist nur dazu da, den Dingen seinen Summton beizumischen und mit unfehlbarer Genauigkeit seine Pflicht als Ventilator zu erfüllen: ein wirksames und meinungsloses Werkzeug, ein Chor, wie die totalitären Regimes ihn erträumen.

Ich fürchte, selbst die Bürgschaft eines namhaften jugoslawischen Filmregisseurs wird nicht ausreichen, um von der Stichhaltigkeit meiner Gedanken über Ventilatoren zu überzeugen. Aber das ist nicht so wichtig. Ist denn immer noch jemand naiv genug, sich einzubilden, die Theorien seien dazu da, geglaubt zu werden? Theorien sind dazu da, die Spießer zu erschrecken, die Ästheten zu betören und die anderen zum Lachen zu bringen.

Verwirrende Wahrheiten haben die Eigenart, daß sie sich der Analyse entziehen. Vialatte hat einen herrlichen Satz geschrieben: »Der Monat Juli ist ein sehr monatlicher Monat.« Hat man je etwas Wahreres und Verwirrenderes über den Monat Juli gehört?

Heute lebe ich nicht mehr in Peking und habe kein Pferd mehr. Statt Peking habe ich nun weißes Papier und statt des Pferdes Tinte. Mein Heldentum ist unterirdisch geworden.

Ich habe immer gewußt, die Zeit des Erwachsenseins zählt nicht. Von der Pubertät an ist das Leben nur noch ein Epilog.

In Peking war mein Leben von größter Bedeutung. Die Menschheit brauchte mich.

Im übrigen war ich damals Aufklärer, und es war Krieg.

Unsere Armee hatte eine neue Form von Angriffen auf den Feind erfunden.

Jeden Morgen lieferten die chinesischen Behörden den Bewohnern des Ghettos Naturjoghurt. Vor die Tür jeder Wohnung wurde ein kleiner Karton mit Gläsern gestellt, die einen dünnen Papierdeckel hatten. Darunter war die weiße Masse mit einer Schicht gelblicher Molke bedeckt.

Im Morgengrauen begab sich ein Kommando unserer männlichen Soldaten vor die Türen der feindlichen Wohnungen, nahm von den Joghurtgläsern die Deckel, trank die Molke ab und ersetzte sie durch eine gleichbemessene Dosis einer gleichfarbigen Flüssigkeit, die aus ihrem Organismus stammte. Dann setzten sie die Deckel wieder auf, so daß die Gläser aussahen wie immer, und machten, daß sie davonkamen.

Wir haben nie erfahren, ob die Opfer ihren Joghurt gegessen haben. Alles spricht dafür, denn Klagen wurden nicht laut. Die chinesischen Milchprodukte hatten immer einen hohen Säuregehalt, so daß ein etwas absonderlicher Geschmack vielleicht gar nicht auffiel.

Vor Begeisterung über die Schändlichkeit dieser Maßnahme mußten wir würgen und aufstoßen. Wir fanden uns grandios eklig. Es war herrlich.

Die ostdeutschen Kinder waren stark, mutig und robust. Darum begnügten sie sich damit, uns mit Schlägen zu traktieren. Im Vergleich zu unseren Kriegsgreueln waren die ihren harmlos.

Wir dagegen waren Schurken von großem Format. Die Muskelmasse unserer Armee war lächerlich im Verhältnis zu der unserer Feinde, die uns an Zahl doch unterlegen waren; aber dafür waren wir bei weitem gemeiner.

Wenn einer von uns den Deutschen in die Hände fiel, kam er nach einer Stunde wieder frei, mit allerlei Beulen und blauen Flecken.

Im umgekehrten Fall bekam der Feind etwas, das sich lohnte und das er sich auch merkte.

Zunächst einmal ließen wir uns bei der Behandlung sehr viel mehr Zeit. Der kleine Teutone durfte eine Unterhaltung, die mindestens einen ganzen Nachmittag dauerte, erwarten. Und manchmal wesentlich länger.

Es begann damit, daß wir uns im Beisein des Opfers in

einer intellektuellen Orgie in bezug auf sein Schicksal ergingen. Wir sprachen französisch, und der Teutone kapierte nichts: was seine Befürchtungen nur steigern konnte. Um so mehr, als unsere Ideen mit soviel jubelnder, überschnappender Grausamkeit vorgebracht wurden, daß unsere Gesichter und Stimmen jede Übersetzung unnötig machten. Die Litotes war unter unserer Würde:

– Wir schneiden ihm den... und die... ab, war das klassische Exordium zu einem solchen verbalen Gemetzel.

(Unter den Ostdeutschen war nicht ein einziges Mädchen. Das ist ein Rätsel, das ich nie durchschaut habe. Vielleicht ließen die Eltern die Mädchen immer in ihrem Land, in der Obhut eines Trainers, der sie für die nächsten olympischen Wettbewerbe im Schwimmen oder Gewichtheben präparierte.)

– Ja, mit Herrn Changs Küchenmesser.

– Nein, mit Herrn Zieglers Rasiermesser.

– Und dann geben wir sie ihm zu fressen, warf ein Pragmatiker ein, der diese Nebenumstände nicht so wichtig fand.

– Mit seiner... und seiner... als Soße.

– Und schön langsam, ergänzte ein Liebhaber der Adverbien.

– Ja, denn er muß alles gut kauen, sagte ein Freund der Glossen.

– Und nachher muß er's wieder auskotzen, sprach ein Lästerer.

– Auf keinen Fall! Das könnte ihm so passen! Er muß alles im Magen behalten, rief ein anderer, der sich die Ehrfurcht vor dem Heiligen bewahrt hatte.

– Sogar den … sollten wir ihm verstopfen, damit das nie wieder rauskommt; übertrumpfte ihn ein weitblickender Kollege.

– Ja, sprach einer, der es mit dem Evangelisten Matthäus hielt.

– Das geht aber nicht, bemerkte ein Philister, auf den niemand hörte.

– Mit dem Zement von der Baustelle. Und den Mund verstopfen wir ihm auch, damit er nicht um Hilfe rufen kann.

– Alles verstopfen wir ihm! verkündete ein Mystiker frohlockend.

– Der chinesische Zement besteht aus Scheiße, bemerkte ein Experte.

– Um so besser! Dann wird er mit Scheiße zugestopft! sagte der Mystiker wie in Trance.

– Aber da wird er ja sterben! stammelte ein Jammerlappen, der sich für die Genfer Konvention hielt.

– Nein, sprach der Schüler des Evangelisten Matthäus.

– Daran werden wir ihn schon hindern. So einfach machen wir's ihm nicht!

– Er muß viel auszuhalten haben bis zum Schluß!

– Bis zu welchem Schluß? erkundigte sich die Genfer Konvention.

– Na, zum Schluß eben. Wenn wir ihn heulend zu seiner Mama laufen lassen.

– Was die für ein Gesicht machen wird, wenn sie sieht, wie wir ihren kleinen Dreckspatz zugerichtet haben.

– Da kann sie mal sehn, was das bringt, deutsche Kinder zu haben!

– Der einzige gute Deutsche ist ein mit chinesischem Zement zugeschmierter Deutscher.

Bei diesem letzten Aphorismus, der kryptisch genug war, uns zu animieren, brüllte das versammelte Heer vor Begeisterung.

– Einverstanden. Aber vorher müssen wir ihm die Haare, Wimpern und Augenbrauen ausreißen.

– Und die Fingernägel!

– Alles reißen wir ihm aus! rief der Mystiker.

– Und rühren es in den Zement, damit er schön fest wird!

– Das wird er sich merken!

Diese Stilübungen hatten etwas Rührendes, denn sehr bald stießen wir dabei auf die Grenzen der Sprache, vor allem, weil wir ja oft Gefangene machten: Es hätte einer unerschöpflichen Phantasie bedurft, um immer neue Steigerungen zu erfinden, ohne daß das Ganze fad wurde.

Weil der Körper doch überschaubarer ist als das Vokabular, untersuchten wir diesen mit einer Beharrlichkeit, die sich die Lexikographen zum Vorbild nehmen sollten:

– Eh, das nennt man auch die Hoden.

– Oder Gonaden.

– Gonaden! Wie eine Granate!

– Wir sprengen ihm die Gonaden.

– Und machen daraus Pomade.

Bei diesen Turnieren, wo die Sprüche wie Funken von einem zum andern flogen, war ich diejenige, die am wenigsten sagte. Eingeschüchtert durch soviel Beredsamkeit und solche Kühnheit im Bösen, hörte ich zu.

Die Redner machten mir den Eindruck, als jonglierten

sie zu mehreren, und das mit einer Virtuosität, die nur gestört werden konnte, wenn ein Ungeschickter einen Ball dazwischen warf. Darum hielt ich mich lieber heraus und verfolgte nur das vielfältige Kreisen der Sprüche. Für mein Teil konnte ich nur reden, wenn ich allein war, wenn ich meine Sätze auf der Nasenspitze balancieren konnte wie eine Robbe, die mit einem roten Ball spielt.

Der arme kleine Teutone hatte Zeit genug, sich in die Hosen zu machen, bis unsere Armee endlich von der Theorie zur Praxis kam. Er hatte all das drohende Gelächter hören können und das verbale Schnellfeuer. Oft weinte er vor Angst, wenn die Henker nähertraten, zur um so größeren Freude für uns.

– Heulsuse!

– Weiche Gonade!

Doch leider, wie von der Tragik der Sprache vorbestimmt, blieben die Taten hinter den Worten zurück. Und in den Martern, die wir den Opfern zufügten, gab es sehr wenig Abwechslung.

Meistens beschränkte sich alles auf das Eintauchen in die Geheimwaffe.

Die Geheimwaffe bestand aus dem Urin der ganzen Armee, ausgenommen die kleinen Mengen, die für die Joghurtbecher der Deutschen gebraucht wurden. Mit musterhaftem Eifer achteten wir darauf, diese kostbare Flüssigkeit nirgendwo anders als über dem großen Gemeinschaftsbottich von uns zu geben. Den hatten wir auf dem obersten Treppenabsatz des Notausgangs im höchsten Gebäude des Ghettos aufgestellt, und er wurde von unseren grimmigsten Soldaten bewacht.

(Die Erwachsenen oder andere Zuschauer haben sich lange Zeit gewundert, daß sie die Kinder so oft zu dieser Notausgangstreppe hinrennen sahen, immer mit gequälter Miene.)

Diesen Urinmengen, die mit der Zeit nicht frischer wurden, gaben wir noch eine tüchtige Dosis chinesische Tusche bei: also ein in doppeltem Sinne chinesisches Bad.

Nach dieser alles in allem recht einfachen chemischen Formel erzeugten wir ein grünliches Elixir mit kräftigem Ammoniakduft.

Der Deutsche wurde an Armen und Beinen gepackt und bis auf den Grund des Bottichs eingetaucht.

Anschließend entledigten wir uns der Geheimwaffe, weil wir meinten, daß ihre monströse Reinheit durch den Delinquenten nun irgendwie besudelt war. Und dann begannen wir wieder unseren Urin für den nächsten Gefangenen zu sammeln.

Hätte ich damals Wittgenstein lesen müssen, ich hätte gefunden, daß er an der Sache völlig vorbeiging.

Sieben abstruse Behauptungen, um die Welt zu erklären, wo doch schon eine einzige, die noch dazu ganz einfach war, dem gesamten System gerecht geworden wäre!

Und ich hatte noch nicht mal lange nachdenken müssen, um darauf zu kommen. Ich hatte den Satz nicht mal formulieren müssen, um danach zu leben. Er war eine angestammte Gewißheit. Jeden Morgen wurde er mit mir neu geboren:

»Die Welt existiert, damit ich existiere.«

Meine Eltern, der Kommunismus, die Baumwollkleider, die *Geschichten aus tausendundeiner Nacht*, die Naturjoghurts, das diplomatische Korps, die Feinde, der Geruch der Ziegelbrennerei, der rechte Winkel, die Schlittschuhe, Tschu En-lai, die Rechtschreibung und der Boulevard der bewohnbaren Häßlichkeit: keines von diesen Dingen war überflüssig, denn alle Dinge existierten zugunsten meiner Existenz.

Die ganze Welt lief auf mich hinaus.

China hatte den Fehler übermäßiger Bescheidenheit. Das Reich der Mitte – wenn man den Ausdruck nur hörte, begriff man schon, wie eng das war. China mochte ja die Mitte des Planeten sein, aber nur unter der Bedingung, daß es brav an seinem Platz blieb.

Ich dagegen, ich konnte gehen, wohin ich wollte; das Schwerkraftzentrum der Welt folgte mir auf dem Fuße.

Zum Adel gehört auch, das Selbstverständliche einzubekennen. Ich durfte mir nicht verbergen, daß die Welt sich seit Milliarden Jahren auf meine Existenz vorbereitet hatte.

Die Frage, was nach mir käme, beschäftigte mich nicht. Sicher würden noch mal ein paar Milliarden Jahre hingehen, bis die Exegeten damit fertig geworden wären, meinen Fall zu erörtern. Aber im Hinblick auf die schwindelerregende Unmittelbarkeit meiner Tage war dieser Aspekt des Problems einigermaßen belanglos. Dergleichen Spekulationen überließ ich meinen Kommentatoren und den Kommentatoren meiner Kommentatoren.

Darum hatte Wittgenstein das Thema verfehlt.

Er hatte einen schweren Fehler gemacht: Er hatte geschrieben. Ebensogut konnte man gleich abdanken.

Solange die chinesischen Kaiser vom Schreiben die Finger ließen, war China auf dem Gipfel seiner Macht. Mit dem ersten kaiserlichen Schriftstück begann der Verfall.

Was mich anging, ich schrieb nicht. Wenn man Riesenventilatoren hat, denen man Eindruck machen muß, wenn man ein Pferd hat, das galoppieren will, bis einem schwindlig wird, wenn man eine Armee aufzuklären hat, wenn man einen Rang zu wahren und einen Feind zu demütigen hat, dann trägt man den Kopf hoch und denkt nicht daran, zu schreiben.

Dennoch hat dort auch mein Niedergang begonnen, mitten in der Stadt der Ventilatoren.

Er hat in dem Augenblick begonnen, als ich begriff, daß nicht ich der Mittelpunkt der Welt war.

Er hat in dem Augenblick begonnen, als ich verwundert bemerkte, wer der Mittelpunkt der Welt war.

Im Sommer ging ich immer barfuß. Ein gewissenhafter Aufklärer durfte niemals Schuhe tragen.

Darum machten meine Schritte, wenn ich durchs Ghetto lief, so wenig Geräusch wie das Schattenboxen, eine verbotene Übung zur damaligen Zeit, der einige Unentwegte sich insgeheim in angstvoller Stille hingaben.

Feierlich und verstohlen suchte ich nach dem Feind.

San Li Tun war ein so häßlicher Ort, daß ein ununterbrochenes Epos nötig war, wollte man überleben.

Ich überlebte ganz prächtig. Das Epos war ich.

Ein unbekannter Wagen hielt vor dem Gebäude auf der anderen Straßenseite.

Neuankömmlinge: neue Ausländer, die im Ghetto untergebracht wurden, damit sie die Chinesen nicht infizierten.

Der Wagen enthielt große Koffer und vier Personen, unter ihnen den Mittelpunkt der Welt.

Der Mittelpunkt der Welt wohnte in vierzig Meter Entfernung von mir.

Der Mittelpunkt der Welt war aus Italien und hieß Elena.

Elena wurde zum Mittelpunkt der Welt, sobald ihr Fuß den Betonboden von San Li Tun berührte.

Ihr Vater war ein nervöser kleiner Italiener. Ihre Mutter war eine große Indianerin aus Surinam, von so beunruhigendem Anblick wie der Leuchtende Pfad.

Elena war sechs. Sie war schön wie ein Engel auf einem Kunstfoto.

Ihre dunklen Augen waren unermeßlich und starr; ihre Haut hatte eine Farbe wie feuchter Sand.

Ihre bakelitschwarzen Haare glänzten, als ob man jedes davon einzeln gewachst hätte, und fielen ihr abgrundtief über den Rücken bis auf den Hintern.

Beim Anblick ihrer entzückenden Nase wäre Pascal das Gedächtnis geschwunden.

Ihre Wangen waren von einem himmlischen Oval, aber man mußte nur die vollkommene Form ihres Mundes sehen, um zu erkennen, wie boshaft sie war.

Ihr Körper bildete die Harmonie des Universums ab, in kindlicher Glätte, aber mit abnorm deutlichen Konturen, wie wenn sie bestrebt wäre, auf dem Bildschirm der Welt besser als andere herauszukommen.

Um Elena zu beschreiben, hätte man ein Gedicht verfassen müssen, neben dem das Hohe Lied sich ausnähme wie die Inventurliste eines Metzgerladens.

Auf den ersten Blick spürte man, daß die Liebe zu ihr schmerzhaft sein müßte; der Schmerz spielte dabei dieselbe Rolle wie der Grevisse für die französische Grammatik: ein verachteter und doch unentbehrlicher Klassiker.

Sie trug an diesem Tag ein Kleid wie ein Kinopüppchen mit weißen Lochstickereien. Ich wäre vor Scham gestorben, hätte ich mich in einem solchen Aufputz zeigen müssen. Aber Elena stand außerhalb unserer Wertordnung, und das Kleid machte aus ihr einen Blumenengel.

Sie stieg aus dem Wagen und sah mich nicht.

Das machte sie sich zur Regel – fast das ganze Jahr über, das wir zusammen verbringen mußten.

Nach dem Vorbild der Mystifikationen, von denen es sich hat inspirieren lassen, gehorcht China bestimmten Gattungsregeln. Dazu eine kleine Lektion in Grammatik:

Man kann zwar sagen: »Ich habe in Bulgarien lesen gelernt«, oder: »Ich habe Eulalie in Brasilien getroffen«. Es wäre aber nicht korrekt zu sagen: »Ich habe in China lesen gelernt«, oder: »Ich habe Eulalie in China getroffen«. Hier muß man China in eine betonte Stellung bringen: »Es war in China, wo ich lesen gelernt habe«, oder: »Es war in Peking, wo ich Eulalie getroffen habe«.

Nichts ist weniger unschuldig als die Syntax.

In diesem Falle versteht es sich von selbst, daß die gallische Hervorhebung nicht eine Belanglosigkeit einleiten kann.

Man kann also nicht sagen: »Es war 1974, als ich mir die Nase schnaubte«, oder: »Es war in Peking, wo ich mir die Schuhe zuband«. Das ginge allenfalls, wenn man hinzufügen könnte: »Zum ersten Mal« – andernfalls würde der Satz hinken.

Eine überraschende Folgerung: wenn in den Berichten aus China soviel von außergewöhnlichen Handlungen die Rede ist, dann vor allem aus grammatischen Gründen.

Und wenn die Syntax die Mythologie streift, ist der Stilist sehr zufrieden.

Und wenn man den Ansprüchen des Stilistischen Genüge getan hat, kann man sich auch getrauen zu schreiben: »Die Freiheit entdeckte ich in China.«

Ein skandalöser Satz, der sich etwa so auslegen ließe: »Die Freiheit entdeckte ich in China unter dem Schreckensregiment der Viererbande.«

Und diese Absurdität wiederum ist zu verstehen als: »Die Freiheit entdeckte ich in dem gefängnisartigen Ghetto von San Li Tun.«

Die einzige Entschuldigung für eine so befremdliche Aussage ist, daß sie zutrifft.

Die erwachsenen Ausländer ließ dieses albtraumhafte China ratlos. Was sie sahen, empörte sie; was sie nicht sahen, empörte sie noch mehr.

Ihre Kinder dagegen hatten ihren Spaß.

Die Leiden des chinesischen Volkes kümmerten sie nicht.

Zusammen mit Hunderten von anderen Kindern in einem Betonghetto eingesperrt zu sein, fanden sie idyllisch.

Für mich, mehr noch als für die anderen, war es die Entdeckung der Freiheit. Ich hatte einige lange Jahre in Japan gelebt. In dem Kindergarten, den ich dort besuchte, hatte die Ordnung Nippons geherrscht, das heißt, er war eine so gut wie militärische Einrichtung. Zu Hause hatten die Kindermädchen genau auf mich aufgepaßt.

In San Li Tun paßte niemand auf die Kinder auf. Wir waren so zahlreich und der Raum war so eng, daß es nicht nötig zu sein schien. Dank einer Art ungeschriebenem Gesetz ließen die Eltern, sobald sie in Peking angekommen waren, ihre Kinder in Frieden. Abends gingen sie allesamt aus, um nicht in Depressionen zu fallen, und wir blieben unter uns. Mit der für ihr Alter typischen Naivität dachten sie, wir seien müde und würden um neun schlafen gehen.

Jeden Abend übertrugen wir einem von uns die Verantwortung für die Überwachung der Erwachsenen. Wenn er ihre Heimkehr ankündigte, lief alles auseinander. Die Kinder rannten jedes in sein Gefängnis, sprangen angekleidet ins Bett und stellten sich schlafend.

Denn nachts war der Krieg am schönsten. Die Angstschreie des Feindes hallten im Dunkeln schauerlicher, die Hinterhalte wurden rätselhafter, und meine Rolle als Aufklärer gewann eine im buchstäblichen Sinne lichtbringerische Bedeutung: im Paßgang auf meinem Pferd kam ich mir vor wie eine lebende Fackel. Ich war nicht Prometheus, ich war das Feuer, ich stahl mich selbst, und auf dem Gipfel der Erregung beobachtete ich, wie mein Lichtschein über die mächtigen Schatten der chinesischen Mauern huschte.

Der Krieg war das vornehmste aller Spiele. Schon das

Wort klang wie eine Schatztruhe, die man gewaltsam aufbrach. Das Funkeln der Kleinodien sprang uns in die Augen: Dublonen, Perlen und Gemmen, vor allem andern aber kamen die berauschende Gewalt, die prachtvollen Risiken, Plünderungen, unaufhörlicher Terror und schließlich das Juwel der Juwelen, die Zügellosigkeit, die Freiheit, die uns um die Ohren pfiff und uns zu Titanen machte.

Was lag daran, ob wir das Ghetto verlassen durften oder nicht! Die Freiheit ist nicht in Quadratmetern zu errechnen. Frei sein, das hieß, daß wir endlich uns selbst überlassen waren. Die Erwachsenen können den Kindern keinen größeren Gefallen tun als den, sie zu vergessen.

Vergessen von den chinesischen und von den elterlichen Machtinstanzen, waren die Kinder von San Li Tun die einzigen freien Geschöpfe in der ganzen Volksrepublik. Dieser Freiheit verdankten sie den Rausch, ihren Heroismus und die heilige Bosheit.

Etwas anderes, als Krieg zu spielen, wäre unter ihrem Niveau gewesen.

Und das wollte Elena nie begreifen.

Elena wollte überhaupt nichts begreifen.

Vom ersten Tag an betrug sie sich, als hätte sie schon alles begriffen. Und darin war sie sehr überzeugend. Sie dachte sich ihr Teil und versuchte nie, etwas zu beweisen. Sie sprach nur wenig, wenn aber, dann mit einer hochnäsigen, unbekümmerten Selbstsicherheit.

– Ich habe keine Lust, Krieg zu spielen. Das ist uninteressant.

Ich war sehr froh, daß ich die einzige war, die diese Ketzerei mitangehört hatte. Ich würde die Sache vertuschen. Vor allem durften die Alliierten über meine Geliebte nichts Nachteiliges erfahren.

– Der Krieg ist herrlich, korrigierte ich sie.

Sie schien es nicht zu hören. Sie hatte die Begabung, den Eindruck zu machen, als ob sie nicht zuhörte.

Sie wirkte immer so, als ob sie nichts und niemanden brauchte.

Es schien ihr ein für allemal zu genügen, daß sie die Schönste war und so langes Haar hatte.

Ich hatte noch nie einen Freund oder eine Freundin gehabt. Ich hatte nicht mal daran gedacht. Wozu hätten Freunde gut sein sollen? Wenn ich mir selbst Gesellschaft leistete, war mir das am liebsten.

Ich hatte Verwendung für Eltern, Feinde und Waffengefährten. In geringerem Maße hatte ich auch Verwendung für Sklaven und Zuschauer – des Status wegen.

Leute, die nicht in eine dieser fünf Kategorien gehörten, brauchte es von mir aus nicht zu geben.

Freunde schon gar nicht.

Meine Eltern hatten Freunde. Das waren Leute, mit denen sie sich trafen, um mit ihnen Alkoholika in allen Farben zu trinken. Als ob sie die nicht auch hätten allein trinken können!

Davon abgesehen brauchten sie die Freunde zum Reden und Zuhören. Sie erzählten ihnen Geschichten ohne jeden Sinn, die Freunde lachten laut und erzählten andere Geschichten. Und dann aßen sie alle. Manchmal tanzten die Freunde – ein seltsames Schauspiel.

Kurz, Freunde waren eine Art Leute, mit denen man zusammenkam, um gemeinsam absurden, wenn nicht grotesken Beschäftigungen nachzugehen, oder auch normalen Beschäftigungen, bei denen die Anwesenheit der Freunde nicht erforderlich war.

Freunde zu haben war ein Anzeichen des Verfalls.

Mein Bruder und meine Schwester hatten auch Freunde, aber das war entschuldbar, denn diese Freunde waren zugleich ihre Waffengefährten. Die Freundschaft ergab sich aus der Verbrüderung im Kampf. Deswegen brauchte man nicht rot zu werden.

Ich dagegen, ich war der Aufklärer. Ich führte meinen Krieg allein. Freunde zu haben mochte für andere gut sein.

Und was die Liebe anging, die interessierte mich noch weniger. Diese Schrulle mußte geographisch bedingt sein: Die Geschichten aus tausendundeiner Nacht besagten, daß sie in den Ländern des mittleren Ostens häufig vorkam. Ich war dafür zu weit im Osten.

Anders als man denken könnte, hatte meine Einstellung zu anderen mit Eitelkeit nichts zu tun. Sie war nur logisch. Das ganze Universum lief eben auf mich hinaus: Das war nicht meine Schuld, ich hatte es nicht so eingerichtet. Es war eine Tatsache, mit der ich mich abfinden mußte. Warum sollte ich mich mit Freunden belasten? Sie konnten in meinem Leben doch keine Rolle spielen. Ich war schon der Mittelpunkt der Welt; mich noch mehr in die Mitte rücken konnten sie nicht.

Das einzige, was zählte, war die Beziehung zu meinem Pferd.

Meine Begegnung mit Elena war keine Machtübergabe – Macht hatte ich weder, noch war mir daran gelegen –, sondern eine geistige Schwerpunktverlagerung: Der Mittelpunkt der Welt lag von nun an nicht mehr in mir. Und ich tat alles, um mich ihm wieder zu nähern.

Ich fand heraus, daß es nicht genügte, sich in Elenas Nähe zu befinden. Es war außerdem nötig, daß ich in ihren Augen zählte. Und das war nicht der Fall. Ich interessierte sie nicht. Genau gesagt, nichts schien sie zu interessieren. Sie achtete auf nichts und sagte nichts. Zufrieden schien sie in sich selbst zu ruhen. Dennoch spürte man, daß sie spürte, daß sie beachtet wurde, und daß ihr das nicht unangenehm war.

Es dauerte einige Zeit, bis ich begriffen hatte, daß für Elena nur eines wichtig war: die Blicke auf sich zu ziehen.

Darum machte ich sie selig, ohne es zu wissen: Ich fraß sie auf mit meinen Blicken. Es war mir unmöglich, die Augen von ihr abzuwenden. Ich hatte noch nie etwas so Schönes gesehen. Es war das erste Mal in meinem Leben, daß jemand mir durch seine Schönheit Eindruck machte. Ich hatte schon viele schöne Menschen gesehen, aber sie hatten meine Aufmerksamkeit nicht lange beschäftigt. Elenas Schönheit, aus Gründen, die ich heute noch nicht kenne, ging mir nicht aus dem Sinn.

Ich habe sie von der ersten Sekunde an geliebt. Wie soll man so was erklären? Ich hatte nie daran gedacht, jemanden zu lieben – wer er auch sei. Ich hatte nie geahnt, daß jemandes Schönheit in mir ein Gefühl erregen könnte. Und dennoch war im Augenblick, als ich sie sah, alles wie selbstverständlich so eingerastet: Sie war die Schönste, also liebte ich sie, also wurde sie zum Mittelpunkt der Welt.

Das Geheimnis hatte seine Weiterungen. Ich verstand, daß ich nicht damit zufrieden sein durfte, daß ich sie liebte: Sie mußte auch mich lieben. Warum? Das war nun mal so.

In aller Einfalt setzte ich sie ins Bild. Es war selbstverständlich, daß ich es ihr mitteilen mußte:

– Du mußt mich lieben.

Diesmal würdigte sie mich eines Blickes, aber es war einer, auf den ich hätte verzichten können. Sie lachte auf, kurz und verächtlich. Es war klar, daß ich etwas Idiotisches gesagt hatte. Also mußte ich ihr erklären, warum es nicht idiotisch war:

– Du mußt mich lieben, weil ich dich auch liebe. Verstehst du?

Mir schien, mit dieser Ergänzung müßte alles zurechtgerückt sein. Aber Elena lachte nur noch lauter.

Ich fühlte mich auf eine verwirrende Weise verletzt.

– Warum lachst du?

In trockenem, herablassendem, amüsiertem Ton antwortete sie:

– Weil du so dumm bist.

So wurde die erste Liebeserklärung meines Lebens aufgenommen.

Ich lernte alles zur gleichen Zeit kennen: Blendung, Liebe, Selbstlosigkeit und Erniedrigung.

Diese vier Dinge wurden mir gleich am ersten Tag angetan, eins nach dem andern. Ich schloß daraus, daß es zwischen den vier Ereignissen einen logischen Zusammenhang geben mußte. Also hätte ich lieber schon das erste vermeiden sollen, doch dazu war es zu spät. Und wie dem auch sei, ich war mir ohnehin nicht sicher, eine Wahl gehabt zu haben.

Und diese Situation fand ich sehr kläglich. Denn in ihr lernte ich auch den Schmerz kennen. Er war mir äußerst unangenehm.

Trotzdem konnte ich nicht bedauern, daß ich Elena liebte, auch nicht, daß sie existierte. Wie sollte man darüber klagen, daß es so was gab? Und wenn es Elena nun mal gab, dann war es unvermeidlich, sie zu lieben.

Von der ersten Sekunde an, seit ich sie liebte – das heißt, von der ersten Sekunde an, seit ich sie kannte –, habe ich gedacht, daß ich etwas tun müßte. Dieses Leitmotiv setzte sich ganz von allein durch und ließ mich nicht mehr los, bis es mit der Liebe aus war.

»Ich muß etwas tun.«

»Weil ich Elena liebe, weil sie die Schönste ist, weil es auf der Erde keinen bewunderungswürdigeren Menschen gibt, weil ich ihr begegnet bin, weil sie – auch wenn sie's nicht weiß – in mich verliebt ist, muß ich etwas tun.«

»Etwas Großes, etwas Prächtiges – etwas, das ihrer würdig wäre, das meiner Liebe würdig wäre.«

»Einen Deutschen töten, zum Beispiel. Aber das lassen sie mich doch nicht machen. Die Gefangenen werden am Ende immer lebendig freigelassen. Wieder so eine Schikane der Erwachsenen und der Genfer Konvention. Dieser Krieg ist abgekartet.«

»Nein, es muß etwas sein, das ich allein machen kann. Etwas, das Elena imponiert.«

Ich spürte einen Schauer der Verzweiflung, der bewirkte, daß mir die Knie weich wurden. Ich ließ mich fallen und setzte mich auf den Betonboden. Die Überzeugung, ohnmächtig zu sein, machte mich unfähig zu jedem Versuch einer Bewegung.

Ich wollte mich nicht mehr rühren. Ich wollte mich vor Kummer verzehren. Ich würde hier auf dem Beton sitzen bleiben, ohne zu essen oder zu trinken, bis ich tot wäre. Mein Tod würde nicht lange auf sich warten lassen und meiner Geliebten großen Eindruck machen.

Nein, das ging nicht. Dann würden sie kommen und mich hier wegtragen und mir Essen und Trinken mit einem Schlauch einflößen. Die Erwachsenen würden mich lächerlich machen.

Also das Gegenteil. Da ich nicht unbeweglich bleiben durfte, würde ich mich eben bewegen. Dann würde man ja sehn!

Es kostete mich eine gewaltige Anstrengung, meinen vom Schmerz versteinerten Körper in Bewegung zu setzen.

Ich rannte zu den Ställen und sprang mit einem Satz auf mein Roß.

Die Wachtposten ließen mich ohne Umstände hinaus.

(Die Nachlässigkeit der chinesischen Bewacher erstaunte mich immer wieder. Es ärgerte mich ein bißchen, daß sie mich nicht verdächtiger fanden. Während meiner drei Jahre in San Li Tun haben sie mich nicht einmal gefilzt. Etwas war faul in diesem System.)

Auf dem Boulevard der bewohnbaren Häßlichkeit gab ich meinem Pferd die Sporen und brachte es in den berauschendsten Galopp in der Geschichte der Geschwindigkeit.

Nichts konnte es aufhalten. Ich könnte nicht sagen, wer benebelter war, Roß oder Reiter. Wir gingen zusammen durch. Ohne Zögern durchbrach mein Gehirn die Schallmauer. Eine Luke der Pilotenkabine zersplitterte, und binnen einer Sekunde wurde das Innere meines Kopfes von außen durchgelüftet. Ein sausendes Vakuum erfüllte meinen Schädel, mir schwanden die Gedanken, und mit ihnen schwand mein Kummer.

Mein Pferd und ich, wir flogen durch die Stadt der Ventilatoren wie ein Geschoß.

Damals gab es fast überhaupt keine Autos in Peking. Man konnte über die Kreuzungen galoppieren, ohne anzuhalten, ohne nach rechts oder links zu blicken.

Mein halluzinierter Ritt dauerte vier Stunden.

Als ich ins Ghetto zurückkam, war ich nur noch ein Bündel Ratlosigkeit.

»Ich muß etwas tun.« Nun hatte ich etwas getan: Ich hatte mich stundenlang in Geschwindigkeit aufgelöst.

Offenbar hatte Elena davon nichts erfahren. Um so besser, in gewisser Hinsicht.

Die edle Uneigennützigkeit dieses Ritts machte mich stolz. Aber Elena von diesem Stolz nichts merken zu lassen wäre Verschwendung gewesen.

Am nächsten Tag kam ich zu ihr mit einem Gesicht wie aus einer anderen Welt.

Sie schien mich gar nicht zu sehen.

Aber ich machte mir keine Sorgen. Sie würde mich schon noch sehen.

Ich setzte mich neben sie auf die Mauer und sagte in gleichmütigem Ton:

– Ich habe ein Pferd.

Sie sah mich an, mit ungläubiger Miene. Ich genoß es.

– Ein Pferd aus Plüsch?

– Ein Pferd, auf dem ich überallhin galoppieren kann.

– Ein Pferd hier in San Li Tun? Aber wo ist es?

Ihre Neugier machte mich froh. Ich flitzte zu den Ställen und kam beritten wieder.

Mit einem Blick hatte meine Geliebte die Situation erfaßt.

Sie zuckte die Achseln und sagte, total gelangweilt, ohne auch nur die milde Gabe einer Spöttelei für mich übrig zu haben:

– Das ist kein Pferd, das ist ein Rad.

– Es ist ein Pferd, versicherte ich ihr ganz ruhig.

Aber meine Gewißheit nützte nichts. Elena hörte mir nicht mehr zu.

Ein schönes großes Fahrrad zu besitzen war in Peking so normal, wie Beine zu haben. Meines hatte eine solche mythische Bedeutung in meinem Leben gewonnen, daß es in den Rang eines Reittiers erhoben worden war.

In meinen Augen war dies eine festgegründete Wahrheit. Ich hatte gar keinen Glauben aufbieten müssen, um ihr das Tier vorzuführen. Ich hatte nicht einmal an die Möglichkeit gedacht, daß Elena etwas anderes darin sehen könnte als ein Pferd.

Diese Sache ist mir noch heute unbegreiflich. Ich lebte nicht in einer kindlichen Phantasiewelt, ich hatte mir kein Märchen als Wirklichkeitsersatz zurechtgemacht. Das Rad war ein Pferd, das war einfach so. Ich konnte mich nicht erinnern, dabei jemals etwas von mir aus beschlossen zu haben. Mein Pferd war schon immer ein Pferd gewesen, es konnte gar nichts anderes sein. Dieses Tier aus Fleisch und Blut gehörte ebenso der objektiven Wirklichkeit an wie die Riesenventilatoren, denen ich bei meinen Spazierritten ins Gesicht grinste. Und ich hatte in aller Aufrichtigkeit geglaubt, daß der Mittelpunkt der Welt die Dinge ebenso sehen würde wie ich.

Es war erst der zweite Tag, und schon hatte die Liebe meine innere Welt ins Wanken gebracht.

Die kopernikanische Revolution war ein Spaß dagegen. Meine Beharrlichkeit würde siegen. Mein Standpunkt ließ sich in einem Satz ausdrücken: »Elena ist blind.«

Die einzige Möglichkeit, dem Schmerz ein Ende zu machen, ist, die Leere in den Kopf zu lassen. Der Kopf wird nur leer, wenn man so schnell wie möglich reitet, wenn man sein Pferd in Galopp bringt, dem Wind die Stirn bietet, wenn man nur noch die Verlängerung seines Reittieres ist, das Horn des Einhorns, mit nur einem Ziel: die Lüfte zu spalten – bis zur letzten Tjost, wenn der Äther obsiegt und Roß und Reiter, vom eigenen Schwung fortgerissen, zu Bruch gehen und vom Unsichtbaren aufgesogen werden, eingeatmet und pulverisiert von den Ventilatoren.

Elena ist blind. Dieses Pferd ist ein Pferd. Wo Geschwindigkeit ist, die mich befreit, da ist auch Pferd. Ich nenne Pferd nicht, was vier Beine hat und Äpfel hinter sich fallen läßt, sondern was den Boden verwünscht und mich von ihm entfernt, was mich trägt und mich zwingt, nicht zu stürzen, was mich tottrampeln würde, wenn ich der Versuchung, in den Dreck zu fallen, nachgäbe, was mir das Herz hüpfen und den Leib wiehern macht, was mich in so rasendem Tempo dahinträgt, daß ich die Augen zusammenkneifen muß, weil das hellste Licht niemals so blenden könnte wie die Schläge des Luftzugs.

Pferd nenne ich den einzigen Ort, wo es möglich ist, sich aus jeder Verankerung zu lösen, aus jeder Vorstellung, jedem Bewußtsein, jedem Gedanken an den morgigen Tag, bis man nur noch Elan ist, nur noch das, was dahinrast.

Pferd nenne ich diesen Zugang zum Unendlichen, und Ritt nenne ich den Augenblick der Begegnung mit all den Mongolen, Tataren, Sarazenen, Rothäuten und all den anderen Brüdern, die gelebt haben, um zu galoppieren, das heißt, um zu sein.

Kavalkade nenne ich den Geist, der mit vier Hufen auf den Boden trommelt, und ich weiß, daß mein Rad vier Hufe hat, daß es trommelt und daß es ein Pferd ist.

Reiter nenne ich denjenigen, den sein Pferd aus dem Treibsand gezogen hat, dem sein Pferd die Freiheit wiedergegeben hat, die ihm um die Ohren pfeift.

Und darum ist nie ein Pferd so sehr Pferd gewesen wie meines.

Wenn Elena nicht blind wäre, würde sie sehen, daß dieses Rad ein Pferd ist, und dann würde sie mich lieben.

Es war erst der zweite Tag, und schon zweimal hatte ich das Gesicht verloren.

Das Gesicht zu verlieren ist für die Chinesen das Schlimmste, was einem passieren kann.

Ich war keine Chinesin, aber ich dachte ebenso. Diese zweifache Erniedrigung entehrte mich zutiefst. Es bedurfte einer Ruhmestat, um mich von der Schande reinzuwaschen. Sonst würde Elena mich nicht lieben.

Ingrimmig wartete ich auf eine Gelegenheit.

Ich fürchtete mich vor dem dritten Tag.

Jedesmal, wenn wir einen kleinen Deutschen gefoltert hatten, verdrosch das gegnerische Lager einen von uns, zur Vergeltung. Die Folge war wieder Rache und so weiter.

Von einer Strafexpedition zur andern konnten die beiden feindlichen Armeen somit alle ihre Greueltaten rechtfertigen.

Das nennt man Krieg.

Man macht sich über die Kinder lustig, wenn sie ihre Schandtaten mit dem Stoßseufzer: »Aber er hat doch angefangen!« entschuldigen wollen. Aber auf die gleiche Weise entstehen auch alle Konflikte der Erwachsenen.

In San Li Tun waren es die Alliierten, die angefangen hatten. Aber eine Schwäche aller Geschichtsschreibung ist, daß man die Anfänge sehen kann, wo man will.

Die Ostdeutschen versäumten nicht, immer wieder darauf hinzuweisen, daß wir sie im Ghetto zuerst angegriffen hatten.

Wir unsererseits fanden solche geographischen Eingrenzungen läppisch. Der Krieg hatte nicht 1972 in Peking begonnen. Er war in Europa entstanden und ließ sich bis 1939 zurückverfolgen.

Manche Intellektuellen in spe wandten ein, es habe aber den Waffenstillstand von 1945 gegeben. Wir verachteten sie als Einfaltspinsel. 1945 war dasselbe passiert wie 1918: Die Soldaten hatten abgewinkt, zum Zeichen, daß sie ein bißchen verschnaufen wollten.

Nun hatten wir verschnauft, und der Feind war immer noch derselbe. Also durfte man das Feld nicht räumen.

Eine der schrecklichsten Episoden des Krieges war die Schlacht um unser Lazarett mit ihren Folgen.

Das Lazarett war eines der militärischen Geheimnisse, die jeder von den Alliierten zu wahren hatte.

Die famose Umzugskiste hatten wir an ihrem anfänglichen Platz stehengelassen. Was wir darin eingerichtet hatten, war von außen nicht zu erkennen.

Die Regel lautete, daß das Lazarett so unauffällig wie möglich zu betreten war, und zwar immer nur einzeln. Dabei gab es keine Probleme: Der Behälter stand längs einer Mauer an der Ziegelei. Sich hineinzuschleichen, ohne gesehen zu werden, war, wie man wohl sagen konnte, ein Kinderspiel.

Es gab übrigens keine unbegabteren Spione als die Deutschen. Sie hatten nicht einen von unseren Stützpunkten geortet. Der Krieg mit ihnen war einfach zu leicht.

Und außer Spionen hatten wir nichts zu fürchten. Daß es unter uns einen Verräter gab, war unmöglich. Wir hatten zwar ein paar Feiglinge in unseren Reihen, aber keinen einzigen, der ganz und gar treulos war.

Dem Feind in die Hände fallen hieß verhauen werden: ein unangenehmer Moment, aber den überstanden wir alle. Wir fanden, dergleichen Mißhandlungen stellten keine echte Folter dar. Es wäre uns nie in den Sinn gekommen, daß einer der unsrigen ein militärisches Geheimnis verraten könnte, um sich einer so belanglosen Strafe zu entziehen.

Doch genau das passierte.

Elena hatte einen zehn Jahre alten Bruder. Sosehr sie uns durch ihre Schönheit und ihren Hochmut imponierte, sosehr war Claudio der Inbegriff der Lächerlichkeit. Nicht, daß er häßlich oder mißgebildet gewesen wäre, aber er ließ beim geringsten Anlaß eine Geziertheit, eine Kleinlichkeit und einen Mangel an Überzeugung erkennen, die uns vom ersten Augenblick an auf die Nerven gingen. Außerdem war er, genau wie seine Schwester, immer wie aus dem Ei gepellt, das vor Sauberkeit strahlende Haar schnurgerade seitlich gescheitelt, und seine Kleidung, immer mit frischen Bügelfalten, schien aus einem Modekatalog für Apparatschikkinder zu stammen.

Aus diesen vortrefflichen Gründen haßten wir ihn alle.

Dennoch konnten wir ihm einen Platz in der Armee nicht verweigern. Elena fand den Krieg albern und sah von hoch oben auf uns herab. Claudio dagegen schien eine Möglichkeit sozialer Integration darin zu sehen und schleimte sich auf das schamloseste an, um aufgenommen zu werden.

Wir taten ihm den Gefallen. Wir konnten nicht riskieren, uns mit unseren zahlreichen italienischen Soldaten – darunter der unschätzbaren Jihan – zu überwerfen, indem wir einen ihrer Landsleute ablehnten. Es war um so ärgerlicher, als sie selbst den Neuen verabscheuten, aber ihre Empfindlichkeiten waren voller Widersprüche.

Es war ja auch nicht schlimm. Claudio wäre eben ein schlechter Soldat, und weiter nichts. Die Armee konnte nicht nur aus Helden bestehen.

Zwei Wochen nach seinem Ritterschlag wurde Elenas Bruder bei einem Zusammenstoß von den Deutschen gefangengenommen. Wir hatten noch nie einen gesehen, der sich so schlecht wehren und nur so langsam rennen konnte.

Im Grunde war es uns recht. Der Gedanke an die Hiebe, die er abbekommen würde, ließ uns innerlich jubeln. Darin sympathisierten wir geradezu mit dem Feind, um so mehr als der kleine Italiener eine echte Heulsuse war und von seiner Mutter betuttelt wurde bis zum Gehtnichtmehr.

Als Claudio wiederkam, humpelte er. Sonst hatte er keine Beulen oder blauen Flecken. Greinend erzählte er uns, die Deutschen hätten ihm den Fuß verdreht, um 360 Grad. Wir waren erstaunt über diese neuen Manieren.

Am nächsten Tag verwandelte eine Offensive der Teutonen unser Lazarett in einen Haufen Sägespäne, und Elenas Bruder vergaß zu humpeln. Da haben wir begriffen. Claudio sprach nicht gut englisch, aber genug, um uns zu verraten.

(Englisch war unsere Sprache für den Verkehr mit dem Feind. Da dieser Verkehr sich im allgemeinen auf Schläge und Foltern beschränkte, brauchten wir uns dieses Idioms nicht zu bedienen. Alle Verbündeten sprachen französisch – ein Umstand, der mir ganz selbstverständlich erschien.)

Die Bestrafung des Verräters wurde am eifrigsten von den italienischen Soldaten gefordert. Als wir darüber Kriegsrat hielten, offenbarte sich Claudios Feigheit in ihrem vollen Umfang: Seine Mutter kam persönlich und erteilte uns den Befehl, ihren armen Kleinen zu verschonen. »Wenn ihr meinem Jungen auch nur ein Haar krümmt, kriegt ihr von mir die Prügel eures Lebens!« sagte sie mit sehr einschüchternder Miene.

Der Angeklagte wurde begnadigt, aber fortan war er das lebende Symbol aller Erbärmlichkeit. Wir verachteten ihn zutiefst.

Mir war alles recht, was mir half, Beziehungen zu Elena anzuknüpfen. Sicherlich hatte sie durch ihren Bruder und ihre Mutter Wind von der ganzen Sache bekommen. Ich berichtete ihr unsere Version.

Ihr hochmütiges Gesicht konnte eine gewisse Gequältheit nicht verbergen. Ich konnte sie verstehen: Hätten André oder Juliette sich eines solchen Verrats schuldig gemacht, wäre ihre Schande auch auf mich zurückgefallen.

Das war übrigens die Absicht, mit der ich Elena die Sache erzählte. Ich wollte sie leiden sehen. Und was konnte ein so vollkommenes Geschöpf schon für wunde Punkte haben, wenn nicht ihren Bruder?

Daß sie sich nicht geschlagen geben würde, verstand sich von selbst.

– Jedenfalls, euer Krieg ist doch lächerlich, sagte sie geringschätzig wie immer.

– Lächerlich oder nicht, Claudio hat heulend darum gebettelt, mitmachen zu dürfen.

Sie wußte selbst, daß mein Argument unwiderleglich war. Sie gab keine Antwort und hüllte sich in ihr arrogantes Schweigen.

Aber für einen Moment hatte ich sie verletzt gesehen. Eine Sekunde lang schien sie nicht unerreichbar zu sein.

Ich empfand das Ganze als einen überwältigenden Sieg meiner Liebe.

Am nächsten Morgen, in meinem Bett, ließ ich die Szene noch mal vor meinem inneren Auge ablaufen.

Mir schien, sie rührte wahrhaftig ans Erhabene.

Gibt es in irgendeiner Kultur dieser Welt eine mythische Episode dieser Art: »Der abgewiesene Liebhaber, in der Hoffnung, die unnahbare Geliebte zu erweichen, teilt ihr mit, daß ihr Bruder ein Verräter ist«?

Meines Wissens hat eine solche Szene nirgendwo ihre tragische Ausgestaltung erfahren. Die großen Klassiker hätten soviel Niedertracht nicht geduldet.

Das Verächtliche an meinem Verhalten entging mir vollkommen. Und selbst wenn es mir bewußt gewesen wäre, hätte es mich nicht gestört. In dieser Liebe vergaß ich mich selbst so sehr, daß ich ohne Zögern Schimpf und Schande auf mich geladen hätte. Was lag noch an meiner Moral? Nichts, denn ich war ein Niemand. Solange ich der Mittelpunkt der Welt gewesen war, hatte ich einen Rang zu wahren. Jetzt kam es nur noch auf Elenas Rang an.

Claudio war ein Segen für mich. Ohne ihn hätte ich keine Bresche, keinen Zugang zu meiner Geliebten gefunden. Claudio verschaffte mir zwar keinen Zugang zu ihrem Herzen, aber eine Gelegenheit, ihre Ehre anzutasten.

Immer wieder sah ich die Szene vor mir: Ich, wie ich sie aus ihrer gewöhnlichen Teilnahmslosigkeit aufschreckte. Und sie, die nur schön war, die sich zu nichts anderem herabließ als dazu, ihre Schönheit zur Schau zu tragen.

Und dann die schändlichen Sprüche: Dein Bruder, meine Liebste, dein Bruder, den du nicht liebst – denn du liebst niemanden außer dir selbst –, aber immerhin dein Bruder, von dem dein Prestige mit abhängt, dein Bruder, mein Engel, ist eine Heulsuse und ein Verräter ersten Ranges!

Was für ein winziger, erhabener Augenblick! Dank meiner Neuigkeit hatte ich etwas in dir zu sehen bekommen, etwas Unbestimmbares – und darum Wichtiges –, daß nun bloßlag. Bloßgelegt durch mich!

Mein Ziel war es gewesen, dir weh zu tun. Im übrigen wußte ich nicht, ob meine Liebe ein Ziel hatte. Sie gebot mir nur, ein echtes Gefühl in dir zu wecken, egal welches.

Dieser leise Kummer in deinem Blick – welch eine Bestätigung für mich!

Ich wiederholte mir die Szene in Standfotos. Eine Liebestrance ergriff mich. Von nun an würde ich für Elena jemand sein.

So mußte ich weitermachen. Sie sollte noch mehr leiden. Ich war zu feige, selbst etwas Böses zu tun, wollte mir aber Mühe geben, alles herauszufinden, was sie kränken konnte, und es mir nicht nehmen lassen, selbst diejenige zu sein, welche die Schreckensnachricht überbrachte.

Ich hegte die wildesten Träume. Elenas Mutter würde am Steuer ihres Wagens den Tod finden. Der italienische Botschafter würde ihren Vater degradieren. Claudio würde mit einem Loch im Hosenboden herumlaufen, ohne es zu ahnen, und das ganze Ghetto würde ihn auslachen.

Alle diese Katastrophen gehorchten einer Regel: niemals Elena in eigener Person zu treffen, sondern in den Personen, die für sie zählten.

Diese Phantasien machten mich zutiefst glücklich. Ich trat mit Grabesmiene vor meine Geliebte und sagte langsam und feierlich: »Elena, deine Mutter ist tot«, oder: »Dein Bruder ist entehrt«.

Schmerz peitschte dein Gesicht: eine Vorstellung, die mir das Herz durchbohrte und meine Liebe zu dir noch stärker entfachte.

Ja, meine Liebste, durch mich mußt du leiden: nicht weil ich das Leiden liebe, denn wenn ich dich glücklich machen könnte, wäre es besser, nur habe ich begriffen, daß es nicht möglich war, denn damit ich dich glücklich machen könnte, müßtest du mich zuerst mal lieben, und du liebst mich ja nicht; um dich dagegen unglücklich zu machen, ist es nicht nötig, daß du mich liebst, und außerdem müßtest du, damit ich dich glücklich machen kann, zunächst mal unglücklich sein – wie sollte man jemanden glücklich machen, der schon glücklich ist? –; also muß ich dich erst unglücklich machen, damit ich eine Chance habe, dich anschließend glücklich zu machen, wobei es in jedem Fall darauf ankommt, daß es durch mich geschieht, meine Liebste, und wenn du ein Zehntel von dem für mich empfinden könntest, was ich für dich empfinde, dann wärest du glücklich, zu leiden, weil du dir dann vorstellen könntest, was du mir mit deinem Leiden für eine Freude machst.

Ich war außer mir vor Entzücken.

Wir mußten ein neues Lazarett finden.

Es kam nicht in Frage, es wieder in einer Umzugskiste einzurichten. Im Grunde hatten wir keine Wahl. Es wurde unvermeidlich, die ärztlichen Pflegedienste am gleichen Ort zu erteilen, an dem wir auch die Geheimwaffe zubereiteten und verwahrten. Das war nicht sehr hygienisch, aber an Schmutz hatten wir uns in China gewöhnen müssen.

Die Krankenbetten aus der *Renmin Ribao* wurden also auf dem obersten Absatz der Notausgangstreppe des höchsten Gebäudes von San Li Tun wieder ausgebreitet. Der Urinbottich thronte in der Mitte dieses Akrobaten-Krankenzimmers.

Die Deutschen waren so dumm gewesen, unsere Vorräte an sterilem Verbandstoff, Vitamin C und Tütensuppe unversehrt zu lassen. Alles wurde in Rucksäcke gepackt, die wir am Geländer der Metalltreppe aufhängten. Da es in Peking sehr selten regnete, konnte unserem Arsenal insofern nicht viel passieren. Aber die geheime Basis wurde nun allzugut sichtbar. Die Teutonen hätten nur einmal den Kopf heben und genauer hinsehen müssen, um uns auf die Schliche zu kommen. Allerdings hatten wir nie die Dummheit gemacht, einen Gefangenen dort hinzubringen; wenn wir ein Opfer foltern wollten, holten wir die Geheimwaffe herunter.

Dann gewann der Krieg eine unerwartete politische Dimension.

Eines Morgens, als wir zu unserem Lager hinaufsteigen wollten, fanden wir die Tür zur Notausgangstreppe mit einem Vorhängeschloß versperrt.

Und es war nicht schwer zu erkennen, daß dies kein deutsches Vorhängeschloß war. Es war ein chinesisches.

Also hatten die Ghettowachen unsere Basis gefunden. Sie hatte ihnen so sehr mißfallen, daß sie diese ungeheuerliche Maßnahme dagegen ergriffen: eine Notausgangstreppe zu versperren – die einzige im größten Gebäude von San Li Tun; im Fall eines Brandes hätten die Bewohner sich nur noch aus den Fenstern stürzen können!

Der Skandal versetzte uns in einen Freudentaumel.

Dazu hatten wir allen Grund. Was wäre beglückender, als zu erfahren, daß man einen neuen Feind hat?

Und was für einen! China! Schon der Aufenthalt in diesem Land adelte uns. Dagegen zu kämpfen erhob uns in den Rang von Helden.

Eines Tages werden wir unseren Nachkommen sagen können, im nüchternen Ton der wahren Größe, daß wir einst in Peking Krieg geführt haben, gegen die Deutschen und gegen die Chinesen. Gipfel des Ruhms!

Hinzu kam eine herrliche Neuigkeit: Unser Feind war idiotisch. Er baute Notausgangstreppen und versperrte sie. Diese Inkonsequenz machte uns selig. Ebensogut konnten sie Schwimmbäder bauen und kein Wasser hineinlassen.

Im übrigen begannen wir diesen Brand zu erhoffen. Nach gebührender Untersuchung würde vor aller Welt bekannt werden, daß das chinesische Volk Hunderte von Fremden sozusagen zum Tode verurteilt hatte. Und wir, außer daß wir Helden wären, würden dann auch noch zu Opfern politischer Unterdrückung, zu internationalen Märtyrern erhoben. Unsere Zeit in diesem Land wäre wahrhaftig nicht vertan.

(Da waren wir ganz schön naiv. Im Falle eines Brandes und einer anschließenden Untersuchung wäre das skandalträchtige Vorhängeschloß sorgfältig vertuscht worden.)

Es verstand sich von selbst, daß unsere Eltern von einer so fabelhaften Sache nichts wissen durften. Wenn sie sich einmischten, hätten wir keine Chance mehr, zu Märtyrern zu werden. Auch fanden wir es grundsätzlich abscheulich, wenn sich die Erwachsenen um unsere Angelegenheiten kümmerten. Alles wurde fad, bei dem sie die Hände im Spiel hatten. Sie hatten überhaupt keinen Sinn fürs Heldenhafte. Sie dachten nur an Tennis, Bridge und Menschenrechte. Anscheinend machten sie sich nicht klar, daß sie dies eine Mal in ihrem belanglosen Dasein Gelegenheit hatten, Helden zu werden.

Und der Gipfel ihrer Plattheit war: sie hingen am Leben. Wir natürlich auch, aber nur unter der Bedingung, daß wir ihm Ruhm verleihen konnten, indem wir es zum Beispiel für ein schönes Feuer aufopferten.

(In Wahrheit hätten wir für das Feuer, wenn es wirklich ausgebrochen wäre, ebensoviel Verantwortung getragen wie das chinesische Wachpersonal. Das war uns irgendwie bewußt, störte uns aber nicht. Mir war es sowieso egal, weil weder Elena noch meine eigene Familie in diesem Gebäude wohnten.)

Die gute Neuigkeit hatte jedoch auch eine nicht zu unterschätzende unangenehme Seite: Wir konnten nicht mehr in unser Lager.

Aber wenn man das Problem näher ansah, war es auch fast schon gelöst.

Das Problem war ein Vorhängeschloß, und zwar ein chinesisches.

Eine Nagelfeile aus Leichtmetall genügte, um es zu knacken.

Und damit den Wachen auch keine Bedenken kamen, kauften wir, umsichtig genug, ein zweites identisches und intaktes Schloß, dessen Schlüssel wir besaßen, und hängten es an die Stelle des ersten.

Im Fall eines Brandes wären nun wir die Hauptschuldigen gewesen, denn letztlich war es unser Vorhängeschloß, das die Flüchtenden zum Tode verurteilt hätte.

Auch dies war uns irgendwie bewußt. Es war kein Problem. Wir lebten in Peking. Nicht in Genf. Uns auf einen echten Krieg einzulassen, hatten wir nie vorgehabt.

Wir legten es nicht besonders darauf an, daß es Tote geben müßte. Aber wenn es zur Fortsetzung des Krieges nötig sein sollte, dann würde es eben Tote geben.

Dies jedoch waren beiläufige Erwägungen, die uns nicht allzusehr beschäftigten. *De minimis non curat praetor.* Nur für die Erwachsenen, diese verfallenen Kinder, mochte es normal sein, mit solchen Fragen eine Zeit zu verschwenden, mit der sie ernstlich nichts anzufangen wußten.

Wir dagegen hatten einen so scharfen Sinn für die Rangordnung unter Menschen, daß wir von den über Fünfzehnjährigen so gut wie nie sprachen. Sie gehörten einer Parallelwelt an, mit der wir in gutem Einvernehmen lebten, da sich unsere Wege nicht kreuzten.

Auch die törichte Frage nach unserer Zukunft beschäftigte uns nicht, vielleicht weil wir die einzig richtige Antwort schon kannten: »Wenn ich groß bin, werde ich daran denken, wie es war, als ich klein war.«

Es verstand sich von selbst, daß das Erwachsenenleben im Dienste der Kindheit stand. Eltern und ihre Komplizen waren auf der Welt, damit ihre Sprößlinge sich nicht mit Dienstmädchenproblemen wie Nahrung und Unterkunft abgeben mußten – damit sie ganz und gar in ihrer eigentlichen Rolle aufgehen konnten, nämlich Kinder zu sein, und das heißt dazusein.

Kinder, die sich über ihre Zukunft auslassen, haben mich schon immer gestört. Wenn man mir die famose Frage stellte: »Was willst du mal machen, wenn du groß bist?«, antwortete ich immer, ich würde den Nobelpreis für Medizin oder die Märtyrerin »machen«, vielleicht auch beides zugleich. Diese Antwort gab ich postwendend, nicht um Eindruck zu machen, sondern im Gegenteil, weil die vorgefertigte Antwort mir half, schleunigst von diesem absurden Thema loszukommen.

Aber es war noch eher abstrakt als absurd: Zuinnerst war ich überzeugt, daß ich niemals erwachsen werden würde. Es dauerte einfach zu lange, als daß es je dazu kommen konnte. Ich war sieben Jahre: Diese vierundachtzig Monate waren für mich schon wie eine Ewigkeit gewesen. Mein Leben zog sich unglaublich in die Länge! Schon bei der Vorstellung, noch mal so viele Jahre zu leben, wurde mir schwindlig. Sieben weitere Jahre! Nein, das wäre zuviel. Sicher würde ich mit zehn oder elf stehenbleiben, auf dem Höhepunkt der Sättigung. Eigentlich fühlte ich mich schon jetzt beinah gesättigt: Ich hatte ja schon soviel erlebt!

Es war also keine Eitelkeit, wenn ich von meinem Nobelpreis für Medizin oder vom Martyrium sprach; es war nur eine abstrakte Antwort auf eine abstrakte Frage. Außerdem fand ich an diesen beiden Berufen nichts besonders Großartiges. Der einzige Beruf, der mir echte Hochachtung einflößte, war der des Soldaten, besonders des Aufklärers. Auf dem Gipfel meiner Karriere war ich ja jetzt schon. Danach – wenn es ein Danach geben sollte – würde man wohl mit weniger zufrieden sein müssen, zum Beispiel mit dem Nobelpreis. Aber im Grunde meines Herzens glaubte ich nicht an dieses Danach.

Damit hing noch ein anderer Unglaube zusammen: Wenn die Erwachsenen von ihrer Kindheit sprachen, konnte ich nicht umhin zu denken, daß sie logen. Sie waren nie Kinder gewesen; sie waren schon immer erwachsen. Einen solchen Verfall gab es nicht, denn die Kinder blieben Kinder, ebenso wie die Erwachsenen Erwachsene blieben.

Diese Überzeugung wurde nicht in Worte gekleidet, und ich behielt sie für mich. Daß ich sie nicht verteidigen könnte, wußte ich. Desto fester glaubte ich, daß es so war.

Elena erzählte niemand, daß mein Rad ein Pferd war, oder umgekehrt.

Das war von ihr aus kein Zeichen von besonderer Milde: Es kam daher, daß ich nicht zählte. Über so belanglose Personen sprach sie nicht.

Sie sprach überhaupt nicht viel. Und sie ergriff nie von sich aus das Wort; sie begnügte sich damit, Fragen zu beantworten, wenn sie ihr nicht unter ihrer Würde zu sein schienen.

– Was willst du mal machen, wenn du groß bist? fragte ich sie, einfach aus Freude am wissenschaftlichen Experiment.

Keine Antwort.

Im nachhinein finde ich meine Ansichten durch ihr Verhalten bestätigt. Kinder, die auf eine solche Frage eine Antwort wissen, sind entweder als Kinder getarnte Erwachsene (davon gibt es viele) oder aber Kinder mit einem Hang zur Abstraktion und zur reinen Spekulation (wie in meinem Fall).

Elena war ein echtes Kind ohne Sinn für die Spekulation. Eine so blöde Frage zu beantworten wäre unter ihrem Niveau gewesen. Ebensogut könnte man einen Seiltänzer fragen, was er machen würde, wenn er Buchhalter wäre.

– Wo hast du dein Kleid her?

Das war eine Frage, auf die sie zu antworten geruhte.

Meistens sagte sie:

– Mama hat es gemacht. Sie kann sehr gut nähen.

Oder auch:

– Mama hat es mir in Turin gekauft.

Turin war die Stadt, aus der sie kam. Bagdad, so schien mir, konnte nicht wunderbarer sein.

Elena ging meistens in Weiß. In dieser Farbe sah sie hinreißend aus.

Ihr glattes Haar war so lang, daß es ihr sogar geflochten bis zum Hintern reichte. Ihre Mutter hätte nie erlaubt, daß eine Chinesin es anrührte. Diesen Schatz ihrer Tochter pflegte sie langsam und hingebungsvoll mit eigener Hand.

Ich hatte am liebsten nur einen Zopf, aber Tre machte mir meistens zwei, wie für sich selbst. An den Tagen, an denen ich durchsetzte, daß sie nur einen flocht, fühlte ich mich sehr elegant. Ich war sehr stolz auf mein Haar, bis ich das von Elena sah; von da an fand ich meines gewöhnlich. Dies wurde mir besonders deutlich, wenn wir zufällig die gleiche Frisur hatten: Mein Zopf war nur lang und dunkel; ihrer nahm kein Ende und war funkelnd schwarz.

Elena war ein Jahr jünger als ich, und ich war gut fünf Zentimeter größer, aber sie war mir in allem voraus, sie übertraf mich, wie sie den Rest der Welt übertraf. Auf andere war sie so wenig angewiesen, daß es mir vorkam, als müßte sie auch älter sein als ich.

Sie konnte ganze Tage damit zubringen, den engen Raum des Ghettos auszumessen, mit kleinen und sehr langsamen Schritten. Sie blickte nur um sich, um zu sehen, ob man auf sie blickte.

Ich frage mich, ob es wohl Kinder gab, die nicht auf sie blickten. Sie erregte Bewunderung, Respekt, Entzücken und Furcht, weil sie die Schönste war, weil sie immer gelassen blieb, weil sie nie die ersten Schritte der Annäherung an andere tat, weil man vor sie hintreten mußte, um in ihre Welt Eingang zu finden, und weil letzten Endes niemand in ihre Welt Eingang fand, die ein Ort hochmütigen Glanzes, erhabener Ruhe und unnahbarer Wollust sein mußte, wo nur sie allein sich in ihrer eigenen Vollkommenheit gefiel.

Niemand blickte so sehr auf sie wie ich.

Seit 1974 habe ich auf viele Menschen geblickt, lange und begierig, so sehr, daß es manchen störte.

Aber Elena war die erste.

Und sie störte es nicht im mindesten.

Bei ihr habe ich gelernt, einen Menschen anzublicken. Weil sie so schön war und weil sie zu fordern schien, daß man sie sehr nachdrücklich anblickte. Eine Forderung, der ich mit Begeisterung nachkam.

Ihretwegen ließ sogar meine Kriegstüchtigkeit nach. Der Aufklärer klärte nicht mehr soviel auf. Bevor sie kam, verbrachte ich jede freie Minute zu Pferde und spähte den Feind aus. Jetzt aber wurde eine Anzahl Stunden darauf verwendet, Elena anzublicken. Dies konnte ich im Sattel oder zu Fuß tun, doch immer nur aus respektvollem Abstand.

Daß ein solches Gebaren linkisch sein mochte, kam mir nicht in den Sinn. Wenn ich Elena sah, vergaß ich, daß es mich selbst auch gab. Diese Amnesie machte die sonderbarsten Verhaltensweisen möglich.

Erst nachts in meinem Bett erinnerte ich mich an die eigene Existenz. Und dann hatte ich zu leiden; ich liebte Elena und spürte, daß diese Liebe etwas von mir erforderte. Ich hatte keine Ahnung, was das sein mochte. Ich wußte, zumindest war nötig, daß die Schöne sich ein wenig um mich kümmerte. Das wäre die erste Etappe, und sie war unerläßlich. Aber ich spürte auch, daß sich daran irgendein dunkler, undefinierbarer Austausch anschließen müßte. Ich erzählte mir Geschichten – die manche als metaphorisch bezeichnen würden –, um dem Geheimnis näherzukommen: In diesen Versuchsanordnungen mußte die Geliebte immer entsetzlich frieren. Meistens lag sie im Schnee, kaum bekleidet oder gar nackt, und weinte vor Kälte. Der Schnee spielte eine wichtige Rolle.

Mir war es recht, daß sie so fror, denn nun mußte ich sie wärmen. Meine Phantasie reichte nicht ganz aus, um die ideale Methode zu finden, aber dafür malte ich mir in Gedanken – oder im Gefühl – genüßlich aus, wie die Wärme köstlich und langsam den steifgefrorenen Körper durchdrang, Elenas Schmerzen linderte und sie in einem nie gekannten Wohlgefühl aufseufzen ließ.

Diese Geschichten versetzten mich in Zustände, die so herrlich waren, daß ich sie für übernatürlich hielt. Der Glanz ihrer Magie strahlte auf mich zurück: unweigerlich war ich ein Medium. Ich barg so wundervolle Geheimnisse in mir, daß Elena mich lieben würde, wenn sie nur etwas davon ahnte.

Ich mußte es ihr nur noch beibringen.

Ich versuchte es. Meine Taktik, von verblüffender Naivität, beweist, wie sehr ich an diese namenlose übernatürliche Kraft glaubte.

Eines Morgens trat ich vor sie hin. Sie trug ein purpurrotes Kleid ohne Ärmel, sehr eng in der Taille, ansonsten gebauscht wie eine Pfingstrose. Ihre Schönheit und Eleganz machten mich ganz benebelt.

Trotzdem vergaß ich nicht, was ich zu ihr sagen mußte.

– Elena, ich habe ein Geheimnis.

Sie geruhte, mich anzusehen, mit einem Gesicht, als dächte sie, mal was Neues zu hören, könne ja nicht schaden.

– Wieder so ein Pferd? fragte sie mit verhaltener Ironie.

– Nein, ein echtes Geheimnis. Eines, das ich als einzige auf der ganzen Welt kenne.

Ich war mir meiner Sache gewiß.

– Und das ist?

Mir wurde klar – aber ein bißchen spät –, daß ich völlig unfähig war, es auszusprechen. Was konnte ich ihr sagen? Vom Schnee und den seltsamen Seufzern durfte ich ja nicht reden.

Es war entsetzlich. Nun sah sie mich schon einmal an, und da wußte ich ihr nichts zu sagen.

Ich zog mich durch räumliches Ausweichen aus der Affäre:

– Komm mit!

Und ich ging los in irgendeine Richtung, mit entschlossener Miene meine panische Verwirrung verbergend.

Ein Wunder, sie kam mit. Gewiß, das war kein besonders großes Zugeständnis ihrerseits. Sie verbrachte ihre Tage damit, langsam durchs Ghetto zu schreiten. Heute fand sie sich also bereit, es in meiner Begleitung zu tun, Seite an Seite mit mir, aber ebenso distanziert wie gewöhnlich.

Es war nicht leicht, in einem so schleppenden Schritt zu

gehen. Ich kam mir vor wie in einem Film, der in Zeitlupe ablief. Und dieses Unbehagen war noch gar nichts im Vergleich zu meinem inneren Entsetzen bei dem Gedanken, daß ich nichts, aber auch gar nichts vorzuweisen hatte.

Dennoch bereitete es mir ein Gefühl des Triumphs, zu sehen, wie sie neben mir herging. Ich hatte noch nie gesehen, daß sie neben jemandem herging. Ihr Haar war zu einem strengen Zopf geflochten, so daß ich ihr bezauberndes Profil in seiner ganzen Klarheit sah.

Aber wo zum Teufel konnte ich sie nur hinführen? Im ganzen Ghetto gab es kein Geheimnis, das sie nicht ebensogut kannte wie ich.

Diese Episode muß eine halbe Stunde gedauert haben. In meiner Erinnerung nimmt sie eine ganze Woche ein. Ich, unglaublich langsam gehend, teils um Elena nicht hinter mir zu lassen, teils um die unvermeidliche Demütigung weiter hinauszuzögern – den beschämenden Augenblick, wenn ich ihr ein Loch im Boden, einen zerbrochenen Ziegel oder irgendeine andere Dummheit zeigen müßte, mit einer schwachsinnigen Erklärung wie: »Oh! Jemand muß es gestohlen haben! Wer hat mir mein Kästchen mit Smaragden weggenommen?« Die Schöne würde mich auslachen; alles fiele in sich zusammen.

Ich hatte mich lächerlich gemacht, konnte mir aber dennoch nicht unrecht geben, denn meinerseits wußte ich, das Geheimnis existierte wirklich und übertraf alle Smaragdschätze. Wenn ich nur die Worte gefunden hätte, um Elena etwas von diesem unerhörten Geheimnis zu sagen – von dem Schnee, der sonderbaren Wärme, dem ungeahnten Wohlgefühl, dem seltsamen Lächeln und den noch unerklärlicheren Dingen, die sich daran anknüpfen würden!

Wenn ich ihr nur einen Zipfel von all diesen Wundern hätte zeigen können, so hätte sie mich zuerst bewundert und dann geliebt – daran zweifelte ich nicht. Nur die fehlenden Worte trennten mich von ihr. Dabei hätte es doch genügt, die richtige Formel zu finden wie Ali Baba mit seinem »Sesam, öffne dich!«, und der Weg zu dem Schatz wäre frei gewesen. Aber das große Geheimnis gab mir seine Worte nicht preis, und so konnte ich nur langsamer und immer langsamer gehen, in der vagen Hoffnung auf das wunderbare Erscheinen eines Elefanten, eines geflügelten Schiffs oder eines Kernkraftwerks, das uns ablenken könnte.

Elenas Geduld verriet schon, wie wenig neugierig sie war – als ob sie schon im voraus entschieden hätte, daß mein Geheimnis eine Enttäuschung sein werde. Ich war ihr beinah dankbar. Langsam, aber sicher, auf absurd gewundenen Umwegen führten meine Schritte uns an die Pforte des Ghettos.

Ein Hauch von Wut und Verzweiflung wehte mich an. Es fehlte nicht viel, und ich hätte mich zu Boden geworfen und geschrien:

– Das Geheimnis ist nirgendwo! Man kann es nicht zeigen, man kann nicht mal davon sprechen! Und trotzdem ist es da! Du mußt daran glauben, weil ich es in mir spüre und weil es tausendmal schöner ist als alles, was du dir vorstellen kannst! Und du mußt mich lieben, weil ich der einzige Mensch bin, der das in sich hat. So etwas Unerhörtes wie mich darfst du dir nicht entgehen lassen!

In dem Moment rettete mich Elena, ohne es zu wissen:

– Ist dein Geheimnis gar nicht in San Li Tun?

Nein, antwortete ich, weil ich irgendwas antworten mußte, aber ich wußte sehr gut, daß sich auch auf dem Boulevard der bewohnbaren Häßlichkeit nichts verbarg, das einem Geheimnis ähnlich sah.

Meine Geliebte blieb stehen:

– Dein Pech! Ich darf nicht aus San Li Tun hinaus.

– Ach? sagte ich mit zerstreuter Miene; an diese Rettung in letzter Sekunde konnte ich noch gar nicht glauben.

– Mama hat es mir verboten. Sie sagt, die Chinesen sind gefährlich.

Fast hätte ich gerufen: »Es lebe der Rassismus!«, aber ich begnügte mich mit einem naheliegenden Schlußwort:

– Schade! Wenn du nur hättest sehen können, wie schön mein Geheimnis ist!

Etwas anderes hatte der sterbende Mallarmé auch nicht gesagt.

Elena zuckte die Achseln und ging mit langsamen Schritten davon.

Ich muß gestehen, von diesem Tag an hegte ich eine tiefe, unerschöpfliche Dankbarkeit für den chinesischen Kommunismus.

Zwei Reiter verließen die Einfassung durch das einzige, immer bewachte Tor. Auf dem Boulevard der bewohnbaren Häßlichkeit schlugen sie nicht die Richtung zum Platz des großen Ventilators ein, sondern sie stürmten in die Gegenrichtung, nach links. Sie kehrten der Stadt den Rücken.

Am Platz des großen Ventilators begann die Verbotene Stadt. Sie war weniger verboten als das flache Land. Aber die beiden Reiter hatten nicht das Alter für Verbote, und sie wurden nicht angehalten.

Der Galopp trug sie weit auf der Straße über die Felder dahin. Die Stadt der Ventilatoren war nicht mehr zu sehen.

Wer die Umgebung von Peking nicht gesehen hat, kennt noch nicht die ganze Trübseligkeit dieser Welt. Es ist schwer begreiflich, wie das wunderbarste Reich der Geschichte auf so magerem Boden hat erbaut werden können.

Die Wüste ist etwas Schönes. Aber eine als Ackerland verkleidete Wüste ist ein peinlicher Anblick. Schon die geringsten Anpflanzungen schienen den Boden zu entkräften. Die wenigen Menschen, die es dort gab, waren unsichtbar, denn ihre Behausungen standen in Erdlöchern.

Wenn es auf unserem Planeten eine trostlose Landschaft gibt, dann diese. Die beiden Pferde bearbeiteten die schmale Straße mit den Hufen, in der Hoffnung, diese Ruinenstille übertönen zu können.

Ich weiß nicht, ob meine Schwester wußte, daß ihr Rad ein Pferd war; jedenfalls tat sie nichts, was diese legendäre Wahrheit Lügen strafte.

Als wir einen von Reisfeldern umgebenen Tümpel erreicht hatten, brachten wir unsere Pferde zum Halt, legten die Rüstung ab und stürzten und ins schmutzige Wasser. Das war unser Samstagsabenteuer.

Ab und zu kam ein chinesischer Bauer mit wunderbar

ausdruckslosem Gesicht und betrachtete die beiden weißen, im Wasser treibenden Gestalten.

Die zwei Ritter stiegen aus dem Wasser, legten die Rüstung wieder an und setzten sich auf den Boden. Während ihre Rosse das dürre Gras abweideten, knabberten sie Butterkekse.

Im September begann die Schule.

Für mich war es nichts Neues, für Elena war es das erste Mal.

Aber die kleine französische Schule in Peking hatte mit einer Lehranstalt nicht viel gemein.

Wir Kinder aus aller Herren Ländern – außer denen, wo man Englisch oder Deutsch spricht – wären höchst erstaunt gewesen, wenn man uns verraten hätte, daß wir diese Einrichtung zu dem Zweck besuchten, etwas zu lernen.

Denn davon hatten wir nichts bemerkt.

Für mich war die Schule eine große Fabrik für Papierflugzeuge.

Bei deren Konstruktion waren uns selbst die Lehrer behilflich. Wozu sie auch allen Grund hatten: weil sie weder für das höhere noch für sonst ein Lehramt ausgebildet waren, war dies auch so ziemlich alles, was sie für uns tun konnten.

Diese wackeren Freiwilligen mußte ein unglücklicher Zufall nach China verschlagen haben – denn wie anders sollte man eine so beträchtliche Summe von Illusionen und anschließenden Enttäuschungen bezeichnen?

Übrigens galt dies, abgesehen von den Diplomaten und

den Sinologen, für alle Ausländer, die sich damals in China aufhielten: Alle befanden sich dort aus denselben, »zufälligen« Gründen.

Und weil diese Unglücklichen, nachdem sie einmal da waren, irgend etwas tun mußten, gingen sie an die kleine französische Schule in Peking, um zu »unterrichten«.

Es war meine erste Schule. Dort habe ich meine drei angeblich wichtigsten Schuljahre verbracht. Aber so sehr ich auch mein Gedächtnis durchforsche, ich glaube nicht, daß ich dort außer der Herstellung kleiner Papierflugzeuge irgend etwas gelernt habe.

Das war nicht weiter schlimm. Lesen konnte ich schon, seit ich vier, schreiben, seit ich fünf war, und seit der frühesten Vorzeit konnte ich mir selbst die Schuhe binden. Ich brauchte also gar nichts mehr zu lernen.

Den Lehrern war eine Aufgabe zugefallen, die menschliche Kräfte fast überstieg: zu verhindern, daß die Kinder sich gegenseitig umbrachten. Und sie schafften es. Man kann ihnen also nur gratulieren, und im übrigen wird man begreifen, daß der Versuch, unter solchen Umständen die Kenntnis des ABCs zu verbreiten, eine idealistische Verstiegenheit im Geiste der Jahrhundertwende gewesen wäre.

Für uns, die Kinder aus aller Herren Ländern, war die Schule nichts anderes als die Fortsetzung des Krieges mit denselben Mitteln.

Doch mit einem wichtigen Unterschied: in der kleinen französischen Schule von Peking gab es keine Deutschen. Die ostdeutschen Kinder gingen auf die ostdeutsche Schule.

Dieses ärgerliche kleine Problem hatten wir genial gelöst, nach einer Regel von panischer Großartigkeit: Der Feind waren in der Schule alle und jeder.

Und weil die ganze Einrichtung in ihren Dimensionen gut überschaubar war, konnten wir uns auf engstem Raum nach Herzenslust bekämpfen: Man brauchte den Feind nicht erst zu suchen, denn er war überall zum Greifen nahe, aber auch zum Beißen, Treten, Kratzen, Kopfstoßen, Beinestellen, Anspucken, Anpinkeln und Ankotzen. Man brauchte sich nur etwas vorzubeugen.

Die Schule wurde um so malerischer durch den Umstand, daß ein Viertel der Schüler kein Wort Französisch konnte und auch nicht die Absicht hatte, eines zu lernen. Ihre Eltern hatten sie dort untergebracht, weil sie einfach nicht wußten, was sie sonst mit ihnen anfangen sollten, und weil sie ungestört unter Erwachsenen die Freuden ihres jeweiligen Amtes auskosten wollten.

Daher gab es unter uns auch kleine Peruaner und andere Marsmenschen, die wir in aller Ruhe martern konnten und deren Schreckensschreie absolut unverständlich waren. Ich habe die französische Schule in bester Erinnerung.

Auch für Elena sollte dies die erste Schule werden.

Ich zitterte um sie. Ich selbst liebte zwar diese Stätte der Verdammnis, aber die Vorstellung, daß ein Geschöpf wie sie sich an einen so gefährlichen Ort wagen könnte, machte mir angst. Wo sie doch vor der rohen Gewalt einen solchen Abscheu hatte!

Für alle Fälle gelobte ich mir, jedem oder jeder ins Gesicht zu springen, der oder die ihr auch nur ein Haar krümmte. Das wäre eine Gelegenheit, mich vor ihr hervorzutun, um so mehr, als ich sicherlich dem Angreifer nicht gewachsen wäre, der mich zu Mus und damit in den Augen meines Schützlings unwiderstehlich gemacht hätte.

Aber es wurde nicht nötig.

Wo Elena auch hinkam, geschah ein Wunder. Vom ersten Schultag an bildete sich um meine Geliebte eine Aura von Frieden, Sanftmut und Liebenswürdigkeit. Sie konnte die blutigsten Gemetzel durchqueren – die Aura folgte ihr auf Schritt und Tritt. Eine universelle, natürliche und instinktive Reaktion schien sie zu schützen: Niemand hätte die Hand gegen ein so schönes und erhabenes Wesen erhoben.

Um vier Uhr kehrte sie genauso reinlich und adrett ins Ghetto zurück, wie sie am Morgen fortgegangen war.

Die aufrührerische Stimmung in der Schule schien ihr nichts auszumachen; sie bemerkte sie gar nicht. Zumindest tat sie so, als ob sie nichts davon merkte. Während der Pausen durchmaß sie mit ihren langsamen Schritten den kleinen sandigen Schulhof, in Gedanken offenbar anderswo, glücklich in ihrer Einsamkeit.

Und dann kam es, wie es kommen mußte: Die Einsamkeit war nicht von Dauer.

Eine hochmütige Schönheit wie die ihre hielt alle anderen in ehrerbietigem Abstand. Nie hätte ich mir vorzustellen gewagt, daß jemand tollkühn genug sein könnte, sich ihr zu nähern. Unter den vielfältigen Leiden, die meine Liebe mir bereitete, fehlte daher die Eifersucht.

Wie groß war meine Bestürzung, als ich eines Morgens auf dem Hof einen forschen Knaben sah, der meiner kleinen Italienerin tausend muntere Dinge erzählte.

Und sie war stehengeblieben, um ihm zuzuhören.

Tatsächlich, sie hörte ihm zu. Sie hatte das Gesicht zu ihm hin erhoben; ihre Augen und ihr Mund waren die eines Menschen, der zuhört.

Gewiß, er schien sie nicht in Begeisterung zu versetzen oder ihre Bewunderung zu erregen. Aber sie hörte ihm tatsächlich zu. Sie geruhte jemandem Beachtung zu schenken.

Vor meinen Augen begann dieser Junge für sie zu existieren.

Und er existierte mindestens zehn Minuten lang.

Und weil er in ihre Klasse ging, existierte er vielleicht noch Gott weiß wie lange, ohne daß ich es wußte.

Unsägliche Gemeinheit!

Einige ontologische Bestimmungen scheinen mir geboten.

Bis zu meinem vierzehnten Lebensjahr teilte ich die Menschheit in drei Kategorien ein: die Frauen, die kleinen Mädchen und die Trottel.

Alle anderen Unterschiede schienen nur von anekdotischem Interesse zu sein: Reiche oder Arme, Chinesen oder Brasilianer (von den Deutschen mal abgesehen), Herren oder Sklaven, Schöne oder Häßliche, Alte oder Erwachsene – diese Unterschiede hatten gewiß auch ihren Sinn, berührten aber nicht das Wesen der Individuen.

Die Frauen waren unentbehrliche Menschen. Sie machten das Essen, zogen die Kinder an, zeigten ihnen, wie man sich die Schuhe bindet, säuberten sie, brachten mit ihren Bäuchen die Babys zustande und trugen interessante Kleider.

Die Trottel waren zu nichts zu gebrauchen. Morgens gingen die großen Trottel »ins Büro«, das eine Art Schule für Erwachsene war, also ein unnützer Ort. Abends trafen sie sich mit ihren Freunden – eine alles andere als ehrenwerte Beschäftigung, von der schon die Rede war.

Im Grunde waren die erwachsenen Trottel den kindlichen Trotteln sehr ähnlich geblieben, mit dem nicht ganz belanglosen Unterschied, daß sie den Reichtum der Kindheit verloren hatten. Aber ihre Tätigkeiten änderten sich kaum und ihr Äußeres auch nicht.

Einen Riesenunterschied gab es hingegen zwischen den Frauen und den kleinen Mädchen. Zunächst einmal, sie gehörten nicht demselben Geschlecht an – wie wohl auf den ersten Blick zu erkennen war. Sodann änderte ihre Rolle sich mit dem Alter gewaltig: Sie wechselten von der Nutzlosigkeit der Kinder zur naturgemäßen Nützlichkeit der Frauen über, während die Trottel ihr Leben lang unnütz blieben.

Die einzigen erwachsenen Trottel, die zu etwas taugten, waren diejenigen, die den Frauen nacheiferten: Köche, Verkäufer, Lehrer, Ärzte und Arbeiter.

Denn dies waren zuallererst Frauenberufe, besonders der letztere. Auf den unzähligen Plakaten und Propagandaschildern in der Stadt der Ventilatoren waren die Arbeiter unfehlbar immer pausbäckige, frohgemute Arbeiterinnen. Strommasten zu reparieren machte ihnen soviel Spaß, daß sie einen ganz rosigen Teint davon bekamen.

Die Grundwahrheiten der Stadt bestätigten sich auch auf dem Lande: Hier zeigten die Plakate stets nur wackere Landwirtinnen, die voll Begeisterung Korngarben an sich rissen.

Die erwachsenen Trottel arbeiteten vor allem in den simulierenden Berufen. So die chinesischen Soldaten, die das Ghetto umstellt hielten: Sie taten furchtbar gefährlich, töteten aber niemand.

Ich hatte Verständnis für die Trottel, um so mehr, als ich ihr Schicksal tragisch fand: Sie waren ja von Geburt an Trottel. Sie kamen schon mit diesem grotesken Ding zwischen den Beinen zur Welt, auf das sie so rührend stolz waren – was sie noch lächerlicher machte.

Oft zeigten mir die kindlichen Trottel dieses Objekt, was unfehlbar zur Folge hatte, daß ich Tränen lachte. Diese Reaktion verblüffte sie.

Eines Tages konnte ich mich nicht enthalten, mit aufrichtiger Freundlichkeit zu einem von ihnen zu sagen:

– Du Ärmster!

– Wieso? fragte er verständnislos.

– Das muß doch unangenehm sein.

– Nein, versicherte er.

– Na klar, den Beweis hast du doch, wenn dir jemand da drauf haut...

– Schon, aber es ist doch so praktisch!

– So?

– Man kann im Stehen pinkeln.

– Na und?

– Das ist doch besser.

– Findest du?

– Na hör mal, den Deutschen in den Joghurt pissen, das kann nur ein Junge!

Dieses Argument stürzte mich in tiefes Nachdenken. Ich zweifelte nicht, daß es eine schwache Stelle haben mußte, aber welche? Ich entdeckte sie erst einige Zeit später.

Die Elite der Menschheit jedenfalls waren die kleinen Mädchen. Nur ihretwegen gab es auch die anderen Menschen.

Die Frauen und die Trottel waren Krüppel. Sie wiesen körperliche Fehler auf, deren Anblick nur Gelächter erregen konnte.

Nur die kleinen Mädchen waren vollkommen; nichts an ihren Körpern stand vor, keine grotesken Anhängsel, keine albernen Protuberanzen. Sie waren wunderbar schnittig gebaut, von einer Form, die dem Leben keinen Widerstand bot.

Einen materiellen Nutzen hatten sie nicht, waren aber notwendiger als alle andern, denn sie waren das Schöne an der Menschheit – die wahre Schönheit, die das reine Glücksgefühl des Daseins ist, wo nichts stört, wo der Körper von Kopf bis Fuß ein einziges Wohlbehagen ist. Man muß einmal ein kleines Mädchen gewesen sein, um zu wissen, wie herrlich es sein kann, einen Körper zu haben.

Was sollte der Körper denn sein? Ein Ding der reinen Lust und Ebenheit.

Sobald am Körper irgend etwas Störendes ist – etwas, das lästig oder hinderlich wird –, taugt er nichts mehr.

Ich bemerke, daß sich zu dem Adjektiv »eben« kein

Abstraktum findet. Nur die »Unebenheit« gibt es. Kein Wunder: an Worten, die das Beglückende und Erfreuliche bezeichnen, sind alle Sprachen arm. Ich erlaube mir, das Wort »Ebenheit« zu bilden, um den Behinderten aller Art eine Vorstellung davon zu geben, was ein Körper sein kann, dem in seiner Haut wohl ist.

Platon nennt den Körper einen Schirm, einen Kerker, und ich gebe ihm hundertfach recht, nur nicht, was den Körper der kleinen Mädchen angeht. Wäre Platon mal ein kleines Mädchen gewesen, so hätte er gewußt, daß der Körper genau das Gegenteil sein kann – das Werkzeug aller Freiheiten, Kreisel des herrlichsten Rausches, Sprungbrett der Seele, Schmuggelpfad der Gedanken, Hort der Akrobatik und Geschwindigkeit, einziges Fenster, aus dem das arme Gehirn nach draußen blickt. Aber Platon hat nie von den kleinen Mädchen gesprochen, und in seinem Idealstaat spielen sie keine Rolle.

Natürlich sind nicht alle kleinen Mädchen hübsch. Aber sogar die häßlichen kleinen Mädchen sind ein erfreulicher Anblick.

Und wenn ein kleines Mädchen hübsch ist und wenn ein kleines Mädchen schön ist, dann widmet Italiens größter Dichter ihm sein Gesamtwerk, ein gewaltiger englischer Logiker verliert seinetwegen den Verstand, ein russischer Schriftsteller flieht aus seinem Land und macht den Namen seiner kleinen Freundin zum Titel eines verrufenen Romans. Und so weiter. Denn die kleinen Mädchen machen Leute verrückt.

Bis zu meinem vierzehnten Lebensjahr mochte ich also die Frauen ganz gern, ich mochte auch die Trottel, aber daß man in jemand anders als ein kleines Mädchen verliebt sein könnte, hielt ich für vollkommen unmöglich.

Und darum war ich entsetzt, als ich sah, wie Elena einem Trottel Beachtung schenkte.

Ich fand es zwar möglich, daß sie mich nicht liebte.

Aber daß sie mir einen Trottel vorzog, das war eine bodenlose Absurdität.

War sie denn blind?

Sie hatte doch einen Bruder: Das Gebrechen der Jungen konnte ihr nicht unbekannt sein. Und in einen Krüppel konnte sie sich doch nicht verlieben!

Einen Krüppel kann man nur aus Mitleid lieben. Und Mitleid war Elena fremd.

Ich verstand sie nicht.

Ob sie ihn wirklich liebte? Unmöglich, das zu sagen. Immerhin, seinetwegen hatte sie sich so weit herabgelassen, daß sie nicht mit zerstreuter Miene vorüberging, sie hatte geruht, stehenzubleiben und ihm zuzuhören. Noch nie hatte ich sie irgendwem soviel Achtung bezeigen sehen.

Das Phänomen wiederholte sich in vielen anderen Pausen. Es war nicht zu ertragen.

Wer zum Teufel war dieser kleine Trottel? Ich kannte ihn nicht einmal.

Ich stellte Nachforschungen an. Es handelte sich um einen sechsjährigen Franzosen, der in Wai Jiao Ta Lu wohnte – das war's schon: Wenn er auch noch im selben Ghetto gewohnt hätte wie wir, wäre es ja auch die Höhe gewesen. Aber in der Schule war er mit Elena zusammen, immerhin sechs Stunden am Tag. Teuflisch!

Er hieß Fabrice. Den Vornamen hatte ich noch nie gehört; von vornherein stand für mich fest, daß es keinen lächerlicheren gab. Um die Lächerlichkeit vollzumachen, hatte er auch noch lange Haare. Er war nicht nur lächerlich, er war ein Extremist der Lächerlichkeit.

Leider war ich offenbar die einzige, die so dachte. Unter den Erstkläßlern schien Fabrice der Anführer zu sein.

Meine Geliebte hatte sich für den Machthaber entschieden. Ich schämte mich für sie.

Ein seltsamer Mechanismus bewirkte, daß ich sie nur um so mehr liebte.

Ich verstand überhaupt nicht, warum mein Vater mit so bedrückter Miene herumlief. In Japan war er ganz umgänglich gewesen. In Peking war er ein anderer Mensch geworden.

Zum Beispiel hatte er seit seiner Ankunft schon alles Erdenkliche unternommen, damit man ihm die Zusammensetzung der chinesischen Regierung verriete.

Ich fragte mich, ob es ihm mit diesem Tick wohl ganz ernst war.

Ihm zumindest war es ernst. Und er hatte kein Glück: Jedesmal, wenn er seine Frage stellte, bekam er von den Chinesen die Antwort, das sei ein Geheimnis.

Er meuterte, so höflich er konnte:

– Aber in keinem Land der Welt hält man doch die Zusammensetzung der Regierung geheim!

Ein Argument, das den chinesischen Behörden keinen Eindruck zu machen schien.

Daher blieb den in Peking postierten Diplomaten

nichts anderes übrig, als sich an fiktive und namenlose Minister zu wenden: eine interessante Übung, die einen starken Sinn für die Abstraktion und einen erstaunlichen spekulativen Wagemut erforderte.

Wir kennen Stendhals Gebet:

– Mein Gott, wenn es dich gibt, sei meiner Seele gnädig, wenn ich eine habe!

Dasselbe war es, wenn man mit der chinesischen Regierung in Verbindung treten wollte.

Aber das hier geltende System war insofern noch subtiler als die Theologie, als es durch seine Zusammenhanglosigkeit immer wieder auf Irrwege lockte. Viele offizielle Verlautbarungen enthielten etwa Angaben wie die folgende: »Die neue Textilfabrik der Volkskommune von… ist kürzlich vom Minister für Industrie, dem Genossen So Wie So… eingeweiht worden.«

Und alle Diplomaten von Peking machten sich über ihre Regierungsgleichungen mit zwanzig Unbekannten her und trugen ein: »11. September 1974, der Industrieminister heißt So Wie So…«

Nach und nach konnte sich das Regierungspuzzle vervollständigen lassen, Monat für Monat, aber immer mit einer großen Ungewißheitsspanne, denn die Zusammensetzung der Regierung war die Instabilität selbst. Und zwei Monate später, ohne daß etwas Neues bekanntgeworden wäre, stieß man wieder auf ein amtliches Kommuniqué, in dem es hieß: »Nach einer Erklärung des Ministers für Industrie, des Genossen Dings Da…«

Also war anscheinend So Wie So von Dings Da abgelöst worden, und alles fing wieder von vorn an.

Die Mystiker unter den Diplomaten trösteten sich mit Erwägungen, bei denen sie ins Träumen kamen:

– In Peking erschließt sich uns, was die Alten meinten, wenn sie vom Deus absconditus sprachen.

Die anderen gingen zum Bridge.

Um diese Dinge kümmerte ich mich nicht.

Ich hatte ernstere Sorgen.

Da war dieser Fabrice, dessen Prestige zusehends wuchs und der Elena immer weniger gleichgültig zu sein schien.

Ich fragte mich nicht erst, was dieser Junge hatte, das ich nicht hatte. Denn ich wußte ja, was er hatte, das ich nicht hatte.

Und das machte mich ratlos: Konnte es sein, daß Elena dieses Objekt nicht lächerlich fand? Konnte es sein, daß sie es vielmehr allerliebst fand? Alles sprach dafür.

Mit vierzehn Jahren, zu meiner eigenen Verblüffung, sollte ich meine Meinung in diesem Punkt ändern.

Aber mit sieben erschien mir ein Wohlgefallen an diesem Ding noch undenkbar.

Mit Schaudern folgerte ich, meine Geliebte müsse den Verstand verloren haben.

Ich ging aufs Ganze: Ich nahm die kleine Italienerin beiseite und flüsterte ihr ins Ohr, mit welcher Verunstaltung Fabrice behaftet war.

Sie sah mich mit verhaltener Belustigung an – und es war deutlich, daß ihre Heiterkeit mir und nicht dem in Rede stehenden Objekt galt.

Ich begriff, daß Elena unverbesserlich war.

Ich weinte die ganze Nacht durch, nicht weil ich dieses Ding nicht besaß, sondern weil meine Geliebte so einen schlechten Geschmack hatte.

In der Schule setzte ein tollkühner Lehrer es sich in den Kopf, uns mal was anderes machen zu lassen als Papierflugzeuge.

Er holte die drei Anfängerklassen zusammen, und ich befand mich also bei Elena und ihrem Hofstaat.

– Kinder, ich hab eine Idee! Wir schreiben alle zusammen eine Geschichte.

Von Anfang an hegte ich gegen dieses Ansinnen das tiefste Mißtrauen. Aber da war ich wieder die einzige; die anderen waren begeistert.

– Und zwar so, daß diejenigen, die schon schreiben können, jeder für sich, eine Geschichte schreiben. Nachher suchen wir uns die schönste raus und machen ein dickes Buch mit Bildern aus ihr.

Grotesk! dachte ich.

Dieses Vorhaben sollte den zahllosen Analphabeten in den Anfängerklassen Lust machen, schreiben zu lernen.

Wenn ich hier schon meine Zeit vertrödelte, konnte ich ebensogut eine Geschichte aufschreiben, die mir gefiel.

Ich versenkte mich in eine feurige Erzählung.

Eine wunderschöne russische Prinzessin (warum russisch, weiß ich heute noch nicht) war völlig nackt in einen Berg von Schnee eingegraben. Sie hatte langes schwarzes Haar und tiefdunkle Augen, die sehr gut zu der Art ihrer Qualen paßten. Denn die Kälte tat ihr furchtbar weh. Nur ihr Kopf ragte aus dem Schnee hervor, und sie konnte sehen, daß niemand da war, um sie zu retten. Ausführliche Beschreibung ihrer Tränen und Klagen. Ich frohlockte. Nun kam eine andere Prinzessin, die Dea ex machina, holte sie aus dem Schnee heraus und begann ihr den steifgefrorenen Körper wieder aufzuwärmen. Mir schwanden fast die Sinne vor Wollust, als ich erzählte, wie sie das anstellte.

Mit scheuer Miene gab ich meine Arbeit ab.

Aus unerforschlichen Gründen geriet sie in sofortige Vergessenheit. Der Lehrer erwähnte sie überhaupt nicht.

Dafür trug er alle andern vor, die von kleinen Schweinchen oder Dalmatinerhunden handelten oder von Nasen, die lang wurden, wenn man log – kurz, lauter Sachen, die mir bekannt vorkamen.

Zu meiner Schande muß ich gestehen, daß ich Elenas Geschichte vergessen habe.

Aber nicht vergessen habe ich, wer den Preis davontrug und welcher Demagogie er ihn verdankte.

Eine rumänische Wahlkampagne wäre dagegen ein Muster an Redlichkeit gewesen.

Fabrice – natürlich er, wer sonst? – hatte eine Wohltätigkeitsgeschichte verbrochen. Sie spielte in Afrika. Ein kleiner Schwarzer konnte es nicht mehr mitansehen, wie seine Familie Hungers starb, und zog aus, um Nahrung zu suchen. Er kam in die Stadt und wurde sehr reich. Nach zehn Jahren kehrte er heim in sein Dorf, überschüttete die Seinen mit Lebensmitteln und Geschenken und baute ein Krankenhaus.

Und so hatte der Lehrer uns dieses erbauliche Werk vorgestellt:

– Bis zum Schluß habe ich mir die Geschichte von unserem Freund Fabrice aufgehoben. Ich weiß nicht, was ihr davon halten werdet, aber mir gefällt sie am besten.

Dann las er die Sache vor, und sie wurde mit Begeisterungsausbrüchen von letzter Geschmacklosigkeit aufgenommen.

– Na, Kinder, ich glaube, da sind wir uns ja alle einig.

Ich kann gar nicht sagen, wie sehr dieser Schwindel mich anwiderte.

Zunächst einmal fand ich Fabrices Saga dumm und kitschig.

»Aber das ist ja humanitär!« hatte ich mir gesagt, als ich sie vorgelesen hörte, mit der gleichen Entrüstung, mit der man auch sagen könnte: »Aber das ist ja Propaganda!«

Sodann erschien mir der spontane Beifall, den die Sache bei diesem Erwachsenen fand, von vornherein als eine Garantie für ihre Beschränktheit.

Diesen Eindruck bestätigte die widerliche ideologische Manipulation, die sich daran anschloß.

Der Rest war, wie nicht anders zu erwarten: Abstimmung durch Akklamation ohne Stimmenzählung, Triumph der Beliebigkeit in der Einschätzung der Mehrheit und so weiter.

Der Clou schließlich war das Gesicht des Siegers, der aufs Pult stieg, um sich seinen jubelnden Wählern zu zeigen und sein Werk mit weiteren Details anzureichern.

Was für ein gefaßtes, selbstzufriedenes Lächeln!

Und mit was für einer Stimme der kleine Kretin sein allerliebstes Geschichtchen von den tapferen Hungerleidern erklärte!

Und vor allem das einstimmige Freudengeschrei der ganzen Bande von Hirnversehrten!

Die einzige, die nicht loskrähte, war Elena, aber die stolze Miene, mit der sie auf den Helden des Tages blickte, war schlimm genug.

Daß meine eigene Geschichte übergangen worden war, kümmerte mich in Wahrheit kaum. Ich hatte Ambitionen nur für den Krieg und in der Liebe. Schreiben, dachte ich, konnte man den andern überlassen.

Aber daß die niederträchtige Musterknabengeschichte dieses kleinen Trottels solches Entzücken erregte, fand ich nun doch zum Kotzen.

Daß an meiner Entrüstung auch Eifersucht und Übelwollen großen Anteil hatten, ändert nichts an der Sache: Mich ekelte, daß man eine Geschichte in den Himmel hob, in der eine brave Gesinnung die Phantasie ersetzte.

Von dem Tag an stand für mich fest, daß an der Literatur etwas faul ist.

Die weiteren Machenschaften nahmen ihren Anfang.

Zu vierzig Kindern – drei Klassen – sollten wir an dem Projekt arbeiten.

Ich kann garantieren, daß es maximal neununddreißig waren. Denn ich war ums Verrecken nicht bereit, zu dieser Volkserbauung auch nur den kleinsten Beitrag zu leisten.

Wenn man die kleinen Peruaner beiseite läßt und die anderen, die von irgendwo hinterm Mond kamen und kein Wort Französisch kapierten, so bleiben noch vierunddreißig.

Wovon die beharrlich stummen Mitläufer abzuziehen sind, deren stupides Schweigen alle Systeme der Welt sich als Teilnahme zurechnen. Bleiben zwanzig Koautoren.

Minus Elena, die nie ein Wort sagte, um ihren Nimbus als Sphinx nicht aufs Spiel zu setzen. Neunzehn.

Davon neun Mädchen, die in Fabrice verknallt waren und den Mund nur aufmachten, um den Eingebungen ihres langhaarigen Idols lärmenden Beifall zu spenden. Womit das Autoren-Team schon mal auf zehn zusammenschmolz.

Davon vier Jungen, die Fabrice zum Leitbild nahmen und sich in ihrer Mitwirkung darauf beschränkten, ekstatisch den Mund aufzusperren, wenn er etwas sagte. Sechs.

Davon ein Rumäne, der ganz wie ein Regierungssprecher, ohne rot zu werden, wiederholte, wie sehr die ganze Angelegenheit ihm gefiele und welche Freude es für ihn sei, dabei mitwirken zu dürfen. Womit seine Mitwirkung auch schon zu Ende war. Fünf.

Davon zwei Rivalen von Fabrice, die schüchterne Versuche machten, seinen Ideen zu widersprechen, und dafür beim kleinsten Anlaß ausgebuht wurden. Drei.

Davon ein merkwürdiger Fall, der sich immer nur als Playback von Fabrice äußerte. Zwei.

Davon ein Junge, der sich – vielleicht in aller Aufrichtigkeit – anklagte, kein Atom Phantasie zu besitzen.

Und so blieb denn nichts anderes übrig, als daß mein Rivale unser gemeinsames Werk allein schreiben mußte.

(Mit den meisten kollektiven Arbeiten dieser Art verhält es sich nicht anders.)

Und so kam es, daß alle diejenigen, die dank solcher

Stimulierung lesen oder schreiben lernen sollten, so klug blieben wie zuvor.

Die Sache dauerte drei Monate.

Im weiteren Fortgang bemerkte schließlich auch der Lehrer, daß die Gemeinschaftlichkeit des Unternehmens durch gewisse Funktionsstörungen mehr und mehr beeinträchtigt wurde.

Dennoch konnte er über den Erfolg seiner Idee nicht klagen: Immerhin brachten wir drei Monate lang niemanden um.

Eines Tages bekam er trotzdem einen Wutanfall, als er feststellen mußte, wie die Karawanserei der Stummen zusehends hypertrophierte. Und er ordnete an, daß alle, die sich am Schreiben nicht beteiligten, nun ans Werk gehen müßten, diese schöne Geschichte mit Illustrationen zu schmücken.

Also wurde eine Kommission von etwa zwanzig Kindern gebildet, der die Aufgabe zufiel, die lobenswerte Tat des Helden in Zeichnungen zu verewigen.

Aus dunklen Gründen, die irgendwie mit dem Ernährungsthema unserer menschenfreundlichen Fabel zusammenhingen, verfügte der Lehrer, daß unsere Kunstwerke in einer Technik auszuführen seien, bei der rohe Kartoffelstäbchen in chinesische Tusche getunkt wurden.

Gewiß eine avantgardistische Idee, sogar mit einem kühnen Zug ins Groteske dank dem Umstand, daß Kartoffeln in Peking weitaus kostbarer waren als Pinsel.

Die Mitglieder der Kommission wurden eingeteilt in ausführende Künstler, denen die malerische Handhabung der fertigen Kartoffelstäbchen oblag, und in andere, die die Feldfrüchte schälen und zurechtschneiden mußten. Ich versicherte, keinerlei Talent zu besitzen, und gesellte mich zu den Kartoffelschälern, wo ich in meiner stillen Wut vielerlei Techniken der Kartoffelsabotage erfand. Alles war mir recht, was die Stäbchen unbrauchbar machte: sie zu dünn oder schief und krumm schneiden, und manche von den rohen Knollen aß ich sogar auf, womit sie für die Kunst völlig verloren waren – ein Verfahren, wie man es sich heroischer nicht denken kann.

Ich habe noch nie den Fuß in ein Kultusministerium gesetzt, aber wenn ich mir vorzustellen versuche, wie es dort zugeht, habe ich diese Klasse in der Stadt der Ventilatoren vor Augen, mit ihren zehn Kartoffelschälern, den zehn die Papierbefleckung improvisierenden Malern, den neunzehn Intellektuellen, die keine erkennbare Nutzleistung erbrachten, und dem Hohenpriester, der ganz allein seine große, edle Gemeinschaftssaga verfaßte.

Wenn auf diesen Seiten von China wenig die Rede ist, so nicht deshalb, weil es mich nicht interessierte. Man muß nicht erst erwachsen werden, um sich mit dem Virus zu infizieren, den man je nach besonderem Fall als Sinomanie, Sinolalie, Sinopathie, Sinolatrie oder gar als Sinophagie bezeichnen könnte – wozu noch mehrere Abwandlungen möglich sind, je nach dem, welchen Gebrauch man im einzelnen von dem auserwählten Land machen will. Wir haben noch kaum angefangen zu begreifen, was es heißt, sich für China zu interessieren: Es heißt, sich für sich selbst zu interessieren. Aus sehr sonderbaren Gründen, die sicherlich mit seiner Unermeßlichkeit zu tun haben, mit seinem Alter, seinen ungleichmäßigen Zivilisationsstufen, seinem Stolz, seiner monströsen Verfeinerung, mit seiner sagenhaften Grausamkeit, seinem Schmutz, seinen Paradoxien, die unauslotbarer sind als in anderen Ländern, seiner Verschwiegenheit, seiner mythischen Schönheit, mit der Freiheit, sein Geheimnis so oder so zu interpretieren, mit seiner Vollständigkeit, mit der Intelligenz, die man ihm nachsagt, seiner schwerhörigen Hegemonie, seiner Permanenz, mit der Leidenschaft, die es erregt, und zuletzt und vor allem mit seinem Verkanntsein – aus all diesen schwer eingestehbaren Gründen neigt jeder einzelne insgeheim dazu, sich mit China zu identifizieren, ja, schlimmer noch, in China die geographische Emanation seiner selbst zu sehen.

Und nach dem Muster jener Häuser, die der Bürger aufsucht, um sich seine verbotensten Wunschträume zu erfüllen, wird China zu dem Territorium, wo es erlaubt ist, sich dem niedrigsten aller Triebe hinzugeben: dem Trieb, von sich selbst zu sprechen. Denn mit einer sehr bequemen Kaschierung kommt man fast immer auf sich selbst zu sprechen, wenn man von China spricht (die Ausnahmen lassen sich an den Fingern einer Hand abzählen). Daher auch die Einbildung, von der schon einmal die Rede war und die in Form von Selbstanklagen und Gewissensskrupeln jeder Art nie sehr fern liegt, wo jemand die erste Person Singular gebraucht.

Die Kinder sind noch egozentrischer als die Erwachsenen. Darum hat China mich fasziniert, seit ich mit fünf Jahren zum ersten Mal den Fuß ins Land setzte. Denn eine Vorstellung, die nicht müßig und auch für die schlichteste Phantasie erreichbar ist, besagt: Wir sind alle Chinesen. Natürlich in verschiedenem Maße: jeder hat seinen Anteil China in sich, so wie er auch seinen Cholesterinspiegel im Blut hat oder seine Ladung Narzißmus im Blick. Jede Zivilisation ist eine Interpretation des chinesischen Modells. In die Karte der Pleonasmen sollten wir als eine der großen Achsen die Verbindung Vorgeschichte-China-Zivilisation eintragen, denn wann immer man eines dieser drei Worte ausspricht, begreift man die beiden anderen mit ein.

Und dennoch ist von China auf diesen Seiten kaum die Rede. Ich wüßte viele schöne Begründungen, warum das so sein muß: daß China um so besser vergegenwärtigt wird, wenn wir es selten erwähnen; daß es sich um einen Kindheitsbericht handelt und daß sich gewissermaßen alle Kindheiten in China abspielen; daß das Reich der Mitte eine allzu intime Zone des Menschen ist, als daß ich mich getrauen könnte, mehr darüber zu sagen; daß bei einer Doppelung des Reisemotivs – aus der Kindheit und aus China – die Worte allzu schmächtig werden. All diese Auslassungsgründe wären keine lügnerischen Vorwände, und es gäbe manchen Leser, der sie mir abnehmen würde.

Aber ich verwerfe alle diese Argumente zugunsten eines anderen, welches das kläglichste ist: nämlich daß diese Geschichte zwar in China spielt, aber zugleich so gut wie gar nicht. Hundertmal lieber würde ich sagen, sie spiele nicht in China – und auch dafür ließen sich gute Gründe aufzählen. Es wäre ja tröstlich anzunehmen, daß dieses Land dort gar nicht mehr China ist, daß China vielmehr exportiert worden wäre und daß am hinteren Ende Eurasiens jetzt nur noch ein riesiges namen- und seelenloses und darum auch keiner echten Leiden mehr fähiges Volk lebte. Aber leider kann ich das nicht behaupten. Wohl oder übel war dieses gräßliche Land nun mal China.

Was sich bezweifeln ließe, war unsere Anwesenheit dort. Man müßte klären, was Anwesendsein bedeutet. Gewiß, wir hielten uns in Peking auf; aber kann man von einer Anwesenheit in China sprechen, wenn man so sorgfältig von den Chinesen isoliert wird? Wenn einem zum weitaus größten Teil des Landes der Zutritt verwehrt bleibt? Wenn Kontakte mit der Bevölkerung unmöglich sind?

In drei Jahren ist uns nur einmal etwas wie eine zwischenmenschliche Verständigung mit einem Chinesen gelungen: Es handelte sich um den Dolmetscher der Botschaft, einen vortrefflichen Mann, der überraschenderweise Chang hieß. Er sprach ein köstliches und künstliches Französisch, mit allerliebsten phonetischen Annäherungen. Wenn er zum Beispiel »früher« oder »damals« sagen wollte, sagte er »dans l'eau très froide«, denn so hatte sich das Wort »autrefois« (»damals«) für ihn angehört. Es dauerte einige Zeit, bis wir begriffen hatten, warum Herrn Changs Sätze so oft mit »im sehr kalten Wasser« anfingen. Seine Auskünfte über dieses sehr kalte Wasser waren im übrigen hinreißend, und man spürte, wie die Nostalgie ihm zu schaffen machte. Aber durch das viele Reden vom sehr kalten Wasser muß Herr Chang auffällig geworden sein: von einem Tag auf den andern verschwand er, oder vielmehr, er löste sich in Luft auf, ohne die geringste Spur zu hinterlassen – als hätte er nie existiert.

Alle Vermutungen, was aus ihm geworden sein mag, sind gleichermaßen berechtigt.

Er wurde fast augenblicklich durch eine bissige Kollegin ersetzt, die überraschenderweise Chang hieß. Aber wenn Monsieur Chang immerhin ein Monsieur gewesen war, so duldete sie keine andere Anrede als die mit »Genossin«; jedes »Madame Chang« oder »Mademoiselle Chang « war ein schwerer Verstoß gegen die Grammatik und wurde sogleich korrigiert. »Genossin Chang«, fragte meine Mutter sie eines Tages, »wie hat man einen Chinesen früher angeredet? Gab es Entsprechungen zu Monsieur oder Madame?«

– Man redet die Chinesen mit Genossen an, erwiderte die Dolmetscherin unerbittlich.

– Ja, heute natürlich, insistierte meine Mutter naiv. Aber ich meine, früher, verstehn Sie... früher?

– Es gibt kein Früher, verfügte die Genossin Chang ein für alle Mal.

Wir hatten verstanden.

China hatte ganz einfach keine Vergangenheit mehr.

Vom sehr kalten Wasser wurde nicht mehr gesprochen.

Auf den Straßen beeilten sich die Chinesen, uns auszuweichen, als ob wir mit einer ansteckenden Krankheit behaftet wären. Was die Dienstboten anging, die den Ausländern von den Behörden zugewiesen wurden, so legten sie im Umgang mit uns eine Kürze und Trockenheit an den Tag, die man sich kaum vorstellen kann – was immerhin vermuten ließ, daß sie keine Spione waren.

Unser Koch, der überraschenderweise Chang hieß, begegnete uns erstaunlich menschlich, wohl weil er Zugang zum Reich der Nahrungsmittel besaß, das in dem hungernden Land die Sphäre der obersten Werte verkörperte. Chang war von der Idee besessen, die drei ihm anvertrauten Europäerkinder zu mästen. Er war anwesend bei allen Mahlzeiten, die wir ohne unsere Eltern einnahmen, das heißt, bei fast allen, und sah uns beim Essen zu, wobei sein ohnehin strenges Gesicht einen so feierlichen Ausdruck annahm, als würde über alle wichtigen Fragen dieser Welt auf unseren Tellern entschieden. Er sagte nie etwas, bis auf die beiden Worte »viel essen«, die er sparsam und nüchtern wie eine esoterische Beschwörungsformel gebrauchte. Je nachdem, wie groß unser Appetit war, konnte man in seinen Zügen die Befriedigung eines Mannes, der seine Pflicht getan hat, oder aber, im Gegenteil, eine schmerzliche Besorgnis lesen. Der Koch Chang liebte uns, und wenn er uns zum Essen zwang, dann nur deshalb, weil die Behörden ihm keinen anderen Ausdruck seiner Zärtlichkeit gestatteten. Nahrung war die einzige zwischen Ausländern und Chinesen zugelassene Verständigung.

Abgesehen davon gab es noch die Märkte, die ich zu Pferde aufsuchte, um Karamellen, rote schielende Fische, chinesische Tusche oder andere Wunderdinge zu kaufen. Der Austausch dabei beschränkte sich auf den von Geld gegen Ware.

Ich versichere, das war alles.

Unter diesen Umständen kann ich nur sagen: Diese Geschichte hat sich in China zugetragen, soweit ihr das erlaubt wurde – und das heißt, nur zu einem sehr geringen Teil.

Es ist eine Ghetto-Geschichte. Sie handelt von einem doppelten Exil: gegenüber unseren Herkunftsländern (in meinem Fall Japan, denn ich war überzeugt, Japanerin zu sein) und im Verhältnis zu China, von dem wir zwar umgeben, zugleich aber als zutiefst unerwünschte Gäste abgeschnitten waren.

Man täusche sich nicht: Letzten Endes spielt China in diesem Buch dieselbe Rolle wie in Boccaccios *Decamerone* die Schwarze Pest, die fast gar nicht erwähnt wird, weil sie überall UMGEHT.

Elena war ich nie sehr nahegekommen. Und seit es Fabrice gab, wurde sie für mich immer unzugänglicher.

Ich wußte nicht mehr, was ich noch tun konnte, um ihre Aufmerksamkeit zu erregen. Ich war in Versuchung, ihr von den Ventilatoren zu erzählen, ahnte aber, daß sie da genauso reagieren würde wie bei der Sache mit dem Pferd, nämlich die Achseln zucken und mich ignorieren.

Ich dankte dem Schicksal, das es so eingerichtet hatte, daß Fabrice in Wai Jiao Ta Lu wohnte. Und ich dankte auch der Mutter meiner Geliebten, die ihren Kindern verbot, San Li Tun zu verlassen.

Sich von einem Ghetto zum andern zu begeben war tatsächlich kein Problem. Mit dem Rad brauchte man eine Viertelstunde. Ich machte den Weg oft, weil es in Wai Jiao Ta Lu einen Laden mit entsetzlichen chinesischen Karamellen gab, hundert Prozent Bakterien, die mir die himmlischste Leckerei von der Welt zu sein schienen.

Mir fiel auf, daß Fabrice in drei Monaten Flirt noch nie nach San Li Tun gekommen war.

Das brachte mich auf einen Gedanken, von dem ich nur hoffen konnte, daß er grausam genug wäre. Auf dem Heimweg von der Schule fragte ich die kleine Italienerin in beiläufigem Ton:

– Ist Fabrice verliebt in dich?

– Ja, antwortete sie wegwerfend, als ob sich das von selbst verstünde.

– Und du, liebst du ihn auch?

– Ich bin seine Verlobte.

– Seine Verlobte! Na, dann siehst du ihn ja sicher sehr oft.

– Jeden Tag in der Schule.

– Ach was, nicht jeden Tag! Samstags und sonntags nicht.

Kühles Schweigen.

– Und abends siehst du ihn auch nicht. Und gerade abends müssen Verlobte sich doch sehn. Da gehen sie ins Kino.

– In San Li Tun gibt es kein Kino.

– In der Alliance française gibt es eins, in der Nähe von Wai Jiao Ta Lu.

– Aber Mama erlaubt nicht, daß ich hier herausgehe.

– Und warum kommt Fabrice nicht nach San Li Tun und besucht dich?

Schweigen.

– Mit dem Rad ist es nur eine Viertelstunde. Ich fahre da jeden Tag hin.

– Mama sagt, es ist gefährlich, nach draußen zu gehen.

– Na und? Hat Fabrice etwa Angst? Ich bin jeden Tag draußen.

– Seine Eltern erlauben's ihm nicht.

– Und er gehorcht?

Schweigen.

– Ich werde ihm sagen, er soll mich morgen in San Li Tun besuchen. Du wirst sehn, dann kommt er. Er macht alles, was ich sage.

– Ach nein! Wenn er dich liebt, muß er da ganz von allein drauf kommen. Sonst hat das keinen Wert.

– Er liebt mich!

– Na, warum kommt er dann nicht?

Schweigen.

– Vielleicht hat Fabrice noch eine andere Verlobte in Wai Jiao Ta Lu, brachte ich hypothetisch vor.

Elena lachte geringschätzig.

– Die anderen Mädchen sind doch längst nicht so schön wie ich.

– Hast du eine Ahnung! Die gehn doch nicht alle auf die französische Schule. Die Engländerinnen zum Beispiel.

– Die Engländerinnen! lachte die kleine Italienern, als ob allein deren Erwähnung schon jeden Verdacht ausräumen müßte.

– Ja was denn, die Engländerinnen! Solche wie die Lady Godiva.

Elena sah mich an, mit zwei Fragezeichen in den Augen. Und ich erklärte ihr, daß die Engländerinnen die Gewohnheit hätten, nackend zu promenieren, zu Pferde und nur mit ihren langen Haaren bekleidet.

– Aber in den Ghettos gibt es keine Pferde, sagte sie frostig.

– Da kennst du die Engländerinnen schlecht, wenn du meinst, davon lassen die sich abhalten!

Meine Geliebte ergriff schleunigst die Flucht. Ich sah zum ersten Mal, daß sie auch schnell gehen konnte.

Ihr Gesicht verriet keine Kränkung, aber ich war mir sicher, sie zumindest in ihrem Stolz verletzt zu haben, wenn schon nicht im Herzen, denn vielleicht hatte sie ja keines.

Ich hatte ein herrliches Triumphgefühl.

Ob mein Rivale tatsächlich in Bigamie gelebt hatte, erfuhr ich nicht.

Daß aber Elena am nächsten Tag ihre Verlobung auflöste, erfuhr ich.

Sie tat es mit musterhafter Nonchalance. Ich war sehr stolz auf ihre Gefühllosigkeit.

Das Prestige des langhaarigen Verführers wurde schwer erschüttert.

Ich jubelte.

Zum zweiten Mal war ich dem chinesischen Kommunismus dankbar.

Beim Herannahen des Winters verschärfte sich die Kriegführung.

Wenn nämlich erst das Eis das Ghetto überzog, dann, so wußten wir, würden wir alle zwangsverpflichtet werden und müßten nolens volens mit Spitzhacken gegen die Ozeane von Glatteis vorgehen, von denen die Fahrzeuge lahmgelegt wurden.

Also mußten wir unsere Aggressivitätsquote im voraus abführen.

Wir versagten uns nichts.

Besonders stolz waren wir auf unseren neuen Stoßtrupp, den wir die »Kotzkohorte« nannten.

Wir hatten entdeckt, daß manchen von uns bei der Geburt eine Gnade zuteil geworden war: Feen mußten sich über die Wiege dieser Auserwählten gebeugt und ihnen die Fähigkeit verliehen haben, sich beinahe auf Kommando zu erbrechen.

Ihr Magen mußte nur mit irgend etwas gefüllt sein, um sich entleeren zu können.

Diese Menschen konnte man nur bewundern.

Die meisten von uns bedienten sich der klassischen Methode, nämlich den Finger in den Schlund zu stecken. Aber einige waren sehr viel besser: Sie schafften es mit Willenskraft allein. Eine außerordentliche Vergeistigung gewährte ihnen Einfluß auf die emetischen Zentren im Gehirn: Sie brauchten sich nur ein wenig zu konzentrieren, und schon war es geschehen.

Die Versorgung der Kotzkohorte geschah ähnlich wie die mancher Kampfflugzeuge, die in der Luft aufgetankt werden. Wir hatten begriffen, daß Erbrechen bei leerem Magen unzweckmäßig war.

Also mußten die in dieser Kampfesweise Untüchtigsten den emetischen Brennstoff herbeischaffen; das heißt, sie entwendeten den chinesischen Köchen leicht verzehrbare Nahrungsmittel. Die Erwachsenen mußten das Verschwinden bedeutender Mengen von Butterkeksen und Rosinen feststellen, von Quark, gezuckerter Kondensmilch und Schokolade, besonders aber von Öl und Pulverkaffee: Wir hatten nämlich eine Mischung aus Salatöl und Pulverkaffee fürs Kotzen als den Stein der Weisen entdeckt.

(Ein rührender Nebenumstand: keines der genannten Nahrungsmittel gab es in Peking zu kaufen. Um sich damit zu versorgen, mußten unsere Eltern alle drei Monate nach Hongkong fahren. Diese Reisen kosteten sie viel Geld. Wir kotzten also nicht billig.)

Wichtigstes Kriterium war das Gewicht: Die Produkte mußten leicht zu transportieren sein, weshalb alle Lebensmittel in Glasbehältern von vornherein ausschieden. Die Nahrungstransporteure wurden die »Tanker« genannt. Ein Kotzer mußte immer von mindestens einem Tanker begleitet sein. Aus solchen komplementären Beziehungen konnten tiefe Freundschaften entstehen.

Für die Deutschen gab es keine schrecklichere Tortur als angekotzt zu werden. Beim Eingetauchtwerden in die Geheimwaffe heulten sie oft, wahrten aber noch ihre Würde. Die Kotze dagegen warf jedes Ehrgefühl über den Haufen. Sobald die Substanz sie nur berührte, brüllten sie vor Entsetzen, als ob es sich um Schwefelsäure handelte. Einen von ihnen ekelte vor der Benetzung eines Tages so sehr, daß er selbst kotzen mußte, zu unserem größten Vergnügen.

Mit der Gesundheit der Kotzer ging es allerdings rasch bergab. Aber die Erfüllung ihres priesterlichen Amtes brachte ihnen von uns anderen so viele Lobpreisungen ein, daß sie die körperliche Beeinträchtigung mit Fassung ertrugen.

In meinen Augen hatten sie ein Prestige ohnegleichen. Ich konnte nur davon träumen, in die Kohorte aufgenommen zu werden. Leider fehlte mir die Begabung. Selbst wenn ich den schrecklichen Stein der Weisen schluckte, erzielte ich nicht das gewünschte Resultat.

Es wurde unbedingt nötig, daß ich eine aufsehenerregende Heldentat vollbrachte. Sonst würde Elena nie etwas von mir wissen wollen.

Unter strikter Geheimhaltung bereitete ich mich vor.

Inzwischen ging Elena in der Schule wieder einsam über den Hof.

Aber ich wußte nun, daß sie nicht ganz unerreichbar war. Daher heftete ich mich in allen Pausen an ihre Fersen, ohne das Törichte dieser Methode zu bedenken.

Ich ging neben ihr her und redete auf sie ein. Sie schien mich kaum zu hören. Es war mir beinah egal; ihre wunderbare Schönheit betäubte meine Gedanken.

Denn Elena war wirklich prächtig. Mit ihrer italienischen Grazie, die Witz, Eleganz und Verfeinerung einschloß, war das Indianerblut ihrer Mutter vermischt, mit all der wilden Poesie der Menschenopfer und anderer herrlicher Barbareien, die meine bilderwütige Naivität heute noch damit verknüpft. Der Blick der Schönen war wie destillierter Raffael und Curare zugleich – eine Verbindung, von der man in Sekundenschnelle tot umfallen konnte.

Und die Kleine wußte es ganz genau.

An diesem Tag, auf dem Schulhof, konnte ich mich nicht enthalten, ihr den großen klassischen Spruch aufzusagen, der aus meinem Munde neu und unerhört war, ein Ausdruck schrankenloser Aufrichtigkeit:

– Du bist so schön, daß ich alles für dich tun würde.

– Das hat man mir schon öfter gesagt, bemerkte sie ungerührt.

– Aber bei mir stimmt es, fügte ich an, wohl wissend um den Stachel, der darin versteckt war, die Anspielung auf die noch ganz frische Affäre mit Fabrice.

Ich bekam einen kurzen, spöttischen Blick zugemessen, der zu besagen schien: »Du denkst wohl, du kannst mich verletzen?«

Denn eines stand fest: Während der kleine Franzose unter dem Bruch gelitten hatte, war der Italienerin jede Gefühlsregung ferngeblieben, was bewies, daß sie ihren Verlobten nie geliebt hatte.

– Also, du würdest alles für mich tun? kam sie belustigt auf meine Worte zurück.

– Ja! sagte ich, in der Hoffnung, daß sie das Schlimmstmögliche verlangte.

– Na schön, ich möchte, daß du zwanzigmal um den Hof rennst, ohne anzuhalten.

Wie sie das sagte, kam die Prüfung mir läppisch vor. Ich rannte gleich los, wie ein geölter Blitz, außer mir vor Freude. Nach der zehnten Runde ließ meine Begeisterung nach. Sie schwand erst recht, als ich bemerkte, daß Elena mir gar nicht zusah, und zwar deshalb nicht, weil ein Trottel zu ihr gekommen war und mit ihr sprach.

Nichtsdestoweniger erfüllte ich meinen Kontrakt; ich war zu treuherzig (zu blöd), um zu lügen. Dann trat ich vor die Schöne hin, und vor den dritten.

– So! sagte ich.

– Was denn? geruhte sie zu fragen.

– Ich bin zwanzigmal um den Hof gerannt.

– Ach! Hatt ich vergessen. Mach's noch mal, ich hab es nicht gesehen.

Ich rannte gleich los. Ich sah, daß sie wieder nicht hersah. Aber nichts konnte mich aufhalten. Ich merkte, daß es mich beglückte zu rennen; meine Liebe fand in der Laufgeschwindigkeit einen edlen Ausdruck, und obwohl ich den Lohn, den ich erhoffte, nicht ernten würde, fühlte ich mich von einer glühenden Begeisterung dahingetragen.

– Da bin ich wieder.

– Gut, sagte sie und schien mich kaum zu bemerken. Noch mal zwanzig Runden.

Sie und der Trottel, mit dem sie sprach, taten so, als ob ich nicht da wäre.

Ich rannte. Eine Art Ekstase setzte ein, in der ich mir immerzu wiederholte, daß ich aus Liebe rannte. Zugleich spürte ich, wie mich das Asthma packte. Schlimmer noch, ich erinnerte mich daran, wie ich Elena erzählt hatte, daß ich Asthmatikerin bin. Sie hatte nicht gewußt, was das ist, und ich hatte es ihr erklärt. Ausnahmsweise hatte sie interessiert zugehört.

Sie hatte also genau gewußt, warum sie mir gerade diesen Auftrag gab.

Nach der sechzigsten Runde kam ich wieder zu meiner Geliebten.

– Noch mal!

– Du weißt doch noch, was ich dir mal gesagt habe? fragte ich vorsichtig.

– Was denn?

– Mein Asthma.

– Denkst du, ich würde dich rennen lassen, wenn ich das nicht wüßte? antwortete sie vollkommen unbewegt.

Eingeschüchtert rannte ich wieder los.

Bewußtseinsveränderung. Ich rannte. Eine Stimme monologisierte in meinem Kopf. »Du willst, daß ich mich für dich kaputtmache? Wunderbar! Du bist es wert, und ich bin's auch wert. Wirst ja sehen, wie weit ich gehe!«

Für dieses Herumrennen im Kreis ging mir das französische Verb »saboter« durch den Kopf: Ich »sabotiere« mich. Ich hatte keine Ahnung von der Etymologie, aber ich hörte darin Hufgetrappel, denn die »sabots« waren die Hufe meines Pferdes, also meine eigentlichen Füße. Elena wollte, daß ich mich für sie unter die Hufe warf, daß ich mich in diesem Galopp zerstampfte. Und ich lief immer weiter und dachte, daß der Boden mein Körper war und daß ich ihn mit Füßen trat, um der Schönen gehorsam zu sein, und daß ich ihn so lange mit Füßen treten würde, bis er hin war. Ich lächelte bei dieser herrlichen Aussicht und beschleunigte die Sabotage durch einen Spurt.

Meine Ausdauer überraschte mich selbst. Dank dem vielen Radfahren – dem Reiten – mußte ich eine Pferdelunge bekommen haben, trotz dem Asthma. Aber das verhinderte nicht, daß der kritische Moment spürbar näherrückte. Ich bekam immer weniger Luft, der Schmerz wurde unmenschlich.

Die kleine Italienerin hatte für meinen Lauf keinen Blick übrig, aber nichts, nichts auf dieser Welt hätte mich aufhalten können.

Sie hatte sich diese Prüfung für mich ausgedacht, weil sie wußte, daß ich Asthma habe; aber wie sinnvoll ihre Wahl gewesen war, das hatte sie nicht gewußt. Asthma? Nur eine Kleinigkeit, ein technischer Fehler in meinem Körper. Was in Wahrheit nur zählte, war ihre Forderung, daß ich rennen sollte. Und Geschwindigkeit war die Tugend, in die ich meine Ehre setzte, sie war das Wappen an meinem Pferd: die reine Geschwindigkeit, die nicht Zeit ersparen, sondern der Zeit entkommen will, der Dauer, der wir auf den Leim gehen sollen, dem Morast von Trübsinn und Lustlosigkeit, von verfettetem Leben und schmächtigen Grübeleien.

Du, Elena, du warst die Schöne, die Langsame – vielleicht weil du allein es dir erlauben konntest. Du, die immer wie in Zeitlupe ging, als ob du uns länger Zeit lassen wolltest, dich zu bewundern, du hattest mir, sicherlich ohne es zu wissen, befohlen, ich zu sein, nämlich nichts anderes mehr zu sein als meine Geschwindigkeit, betäubt wie ein rauschhaft in seiner Bahn dahinrasender Meteor.

In der achtundachtzigsten Runde begann das Licht zu erlöschen. Die Gesichter der Kinder wurden schwarz. Der letzte der riesigen Ventilatoren hörte zu funktionieren auf. Meine Lungen barsten vor Schmerz.

Ich wurde ohnmächtig.

Als ich wieder zu mir kam, lag ich zu Hause im Bett. Meine Mutter fragte mich, was geschehen sei.

– Die Kinder haben gesagt, du wolltest nicht aufhören zu rennen.

– Ich hab trainiert.

– Versprich mir, daß du das nie wieder tust!

– Kann ich nicht.

– Warum?

Am Ende habe ich ihr alles gestanden, aus Schwäche. Wenigstens ein Mensch sollte von meinem Heldenmut wissen. Ich war ja bereit, aus Liebe zu sterben, aber es mußte bekannt werden.

Meine Mutter begann mir die Gesetze des Universums zu erklären. Sie sagte, auf der Erde gäbe es sehr böse, dabei aber höchst verführerische Menschen. Wenn ich von einer solchen geliebt werden wolle, dann gebe es nur eine Lösung: Auch ich müßte sehr böse werden, böse gegen sie.

– Du mußt zu ihr so sein, wie sie zu dir ist.

– Aber das ist unmöglich. Sie liebt mich ja nicht.

– Werde so wie sie, und sie wird dich lieben!

Gegen das Urteil gab es keine Berufung. Ich fand es absurd; mir war es lieber, daß Elena nicht so war wie ich. Was hätte die Liebe für einen Sinn, wenn einer sozusagen das Spiegelbild des andern wäre? Trotzdem beschloß ich, die Methode meiner Mutter auszuprobieren, wenn auch nur als Experiment. Ich ging von dem Prinzip aus, daß eine Person, die mir beigebracht hatte, meine Schuhe zu binden, ja nicht irgendwas daherreden würde.

Die Umstände begünstigten diese Politik.

Im Laufe einer Schlacht hatten die Alliierten den Führer der deutschen Armee gefangengenommen, einen gewissen Werner, der uns noch nie in die Hände gefallen war und der für uns die Inkarnation des Bösen darstellte.

Wir frohlockten. Dem würden wir's zeigen. Der hatte ein Anrecht auf das volle Programm.

Der Herr General wurde zu einer Wurst zusammengeschnürt und mit nasser Watte geknebelt. (Naß vom Eintauchen in die Geheimwaffe, versteht sich.)

Nach einer zweistündigen intellektuellen Orgie der Drohungen, die nichts zu wünschen übrigließ, wurde Werner zunächst mal die Notausgangstreppe hinaufgeschafft und eine Viertelstunde lang an einer nicht allzu dicken Schnur über das Geländer ins Leere gehängt. Daran, wie er sich wand und drehte, konnte man sehen, daß er alles andere als schwindelfrei war.

Als er wieder auf den Treppenabsatz hochgeholt wurde, war er ganz blau im Gesicht.

Anschließend wurde er wieder die Treppe hinuntergeschafft und zu ebener Erde in klassischerem Stil weiterbehandelt. Eine Minute lang wurde er tief in die Geheimwaffe eingetaucht; dann durften fünf reichlich vollgestopfte Kotzer ihr Talent an ihm beweisen.

Es war schon gut, aber unsere Aggressivität war erst halb befriedigt. Wir wußten nicht mehr weiter.

Das ist der Moment, sagte ich mir.

– Wartet mal! murmelte ich mit so feierlicher Stimme, daß alle still wurden.

Die anderen Kinder betrachteten mich mit einem gewissen Wohlwollen, weil ich in der Armee das Baby war. Aber was ich jetzt tat, erhob mich in den Rang eines Kriegsmonsters.

Ich trat dicht an den Kopf des Herrn Generals heran.

Wie ein Musiker vor einem Stück Tempo und Tonart ansagt, verkündete ich:

– Freihändig, im Stehen.

Meine Stimme war so unbewegt wie Elenas Stimme.

Und ich tat, was ich gesagt hatte, genau zwischen Werners Augen, die sich vor Grauen angesichts der Erniedrigung weiteten.

Ein achtungsvolles Raunen ging durch die Versammlung. So was hatte man noch nicht gesehen.

Ich ging mit langsamen Schritten fort. Mein Gesicht zeigte keine Regung. Ich war außer mir vor Stolz.

Der Ruhm rührte mich an wie ein Blitzschlag. Auch die kleinsten Bewegungen, die ich machte, kamen mir nun hoheitsvoll vor. Ich hatte den Eindruck, einen Triumphmarsch zu vollziehen. Wie von oben herab blickte ich auf den Himmel von Peking. Mein Pferd konnte mit mir zufrieden sein.

Es wurde Nacht. Der Deutsche wurde für tot liegengelassen. Über meiner Wundertat hatten die Alliierten ihn ganz vergessen.

Am nächsten Morgen fanden ihn seine Eltern. Seine mit der Geheimwaffe vollgesogenen Kleider und Haare waren angefroren, ebenso wie die Ströme von Erbrochenem.

Der Junge holte sich die Bronchitis seines Lebens.

Und das war noch gar nichts, im Vergleich zu dem moralischen Knacks, den er bekommen hatte. In dem, was er erzählte, kamen sogar Dinge vor, die bei seinen Angehörigen Zweifel erregten, ob er nicht den Verstand eingebüßt habe.

In San Li Tun erreichte der Ost-West-Konflikt seinen Höhepunkt.

Mein Stolz kannte keine Grenzen.

In der französischen Schule breitete mein Renommee sich aus wie ein Lauffeuer.

Vor einer Woche erst war ich in Ohnmacht gefallen. Und nun wurden auch noch meine Talente als Monster entdeckt. Ohne Zweifel war ich nun jemand.

Meine Geliebte erfuhr es.

Gemäß meinen Anweisungen tat ich so, als ob ich ihr Vorhandensein nicht mehr bemerkte.

Eines Tages auf dem Hof sprach sie mich an – etwas, das sie noch nie getan hatte.

Irgendwie verlegen kam sie näher und fragte:

– Stimmt es, was man so hört?

– Was hört man denn so? fragte ich, ohne sie auch nur anzusehen.

– Daß du's freihändig im Stehen kannst, und dabei auch noch zielen?

– Stimmt, antwortete ich geringschätzig, als ob von gar nichts Besonderem die Rede wäre.

Und mit langsamen Schritten, ohne noch ein Wort zu verlieren, ging ich weiter.

Soviel Gleichmut vorzutäuschen fiel mir nicht leicht, aber die Methode erwies sich als so wirksam, daß ich den Mut hatte, so weiterzumachen.

Dann fiel der Schnee.

Es war mein dritter Winter im Land der Ventilatoren. Wie gewöhnlich verwandelte sich meine Nase in eine Kameliendame, die eifrig und in reicher Menge Blut spuckte.

Der Schnee war das einzige, was die Häßlichkeit von

Peking verbergen konnte. Das erreichte er für die ersten zehn Stunden, nachdem er gefallen war. Der chinesische Beton, der gräßlichste Beton der Welt, verschwand unter der weißen Hülle. Eine Hülle war es in doppelter Hinsicht, denn sie verhüllte auch die Grenzen von Himmel und Erde. Dank diesem reinen Weiß konnte man sich vorstellen, daß unermeßliche Parzellen des Nichts sich auf ganze Gebiete der Stadt herabgesenkt hätten – und in Peking konnte das Nichts keineswegs nur als Nothelfer gegen das Abscheuliche, sondern als Erlösung gelten.

Während dieser flüchtigen Begegnung von Leere und Fülle gewann San Li Tun ein Aussehen wie auf einem Holzschnitt.

Fast hätte man glauben können, man sei in China.

Nach zehn Stunden kehrte die Verwandlung sich um.

Der Beton färbte nun auf den Schnee ab, die Häßlichkeit auf die Schönheit.

Und alles kam wieder ins Lot.

Neue Schneefälle änderten nichts mehr. Es ist bestürzend zu sehen, wie das Häßliche immer die Oberhand behält: Kaum waren die neuen Flocken auf den Boden von Peking niedergegangen, da waren sie auch schon besudelt.

Ich bin keine Freundin von Metaphern. Darum werde ich mich hüten zu sagen, daß der Großstadtschnee ein Bild des Lebens ist. Ich werde mich hüten, es zu sagen, weil es unnötig wäre: Jeder hat es schon begriffen.

Eines Tages werde ich mal ein Buch mit dem Titel *Stadtschnee* schreiben. Es wird das traurigste von allen Büchern der Welt sein. Aber nein, ich werde mich hüten!

Warum von Greueln erzählen, die doch niemandem unbekannt sind?

Ebensogut kann ich es gleich ein für alle Mal loswerden: Daß etwas so Bezauberndes, Weiches und Samtiges, etwas so Leichtes und Wirbelndes wie Schnee sich so rasch in sein Gegenteil verwandeln kann – in einen grauen, klebrigen, schweren und klumpigen Matsch –, ist eine Gemeinheit, mit der ich mich nicht abfinden kann.

In Peking fand ich den Winter abscheulich. Mit Hacke und Kratzschaufel die dicke Schicht gefrorenen Schnees aufbrechen zu müssen, die das Leben im Ghetto lahmlegte, mißfiel mir von Grund auf.

Und die anderen zwangsverpflichteten Kinder dachten wie ich.

Der Krieg war bis zum Beginn des Tauwetters unterbrochen – was man paradox finden könnte.

Um uns für diese Bodenarbeiten zu entschädigen, gingen die Erwachsenen sonntags mit uns Schlittschuh laufen, auf dem See am Sommerpalast. Diese Ausflüge waren für mich zu schön, um wahr zu sein. Die große gefrorene Wasserfläche, die das Winterlicht spiegelte und unter den Schlittschuhkufen fürchterliche jaulende Töne abgab, versetzte ich mich in eine Ekstase, von der ich Kopfschmerzen bekam. Ich habe kein Immunsystem gegen das Schöne.

An den anderen Tagen erwarteten uns, wenn wir aus der Schule kamen, die Hacken und Schaufeln.

Alle Kinder mußten ran.

Bis auf zwei, und das waren nicht zufällig die beiden hochempfindlichen Kinder Claudio und Elena.

Ihre Mutter hatte dekretiert, ihre beiden Kleinen seien für eine so schwere Arbeit zu zart.

Was die Schöne anging, gab es keine Einwände.

Aber den großen Bruder machte seine Verschonung noch unbeliebter, als er ohnehin war.

Eingepackt in einen alten Mantel und eine chinesische Ziegenfellmütze, rackerte ich mich ab, das Eis aufzubrechen. San Li Tun sah einem Gefängnishof zum Verwechseln ähnlich, und ich kam mir wie ein Sträfling bei der Zwangsarbeit vor.

Später, wenn ich mal Nobelpreisträgerin für Medizin oder Märtyrerin bin, werde ich erzählen, daß ich nach meinen Waffentaten eine Strafe im Zuchthaus von Peking abgedient habe.

Es fehlte nur noch die Eisenkugel am Fuß.

Ich hatte eine Erscheinung: Ein zartes Geschöpf in einem weißen Cape-Mantel trat vor mich hin. Ihr langes schwarzes Haar fiel lose aus einer weißen Baskenmütze.

Sie war so schön, daß ich dachte, mir schwänden die Sinne – was eine vorteilhafte Lösung gewesen wäre.

Aber meine Richtlinie hatte sich nicht geändert. Ich tat so, als hätte ich sie nicht gesehen, und ließ meine Hacke wuchtig in den gefrorenen Schnee niedersausen.

– Mir ist langweilig. Komm mit mir spielen!

Ihre Stimme klang so weich wie Hermelinpelz.

– Siehst du nicht, daß ich zu arbeiten habe? antwortete ich so unfreundlich wie möglich.

– Es sind doch genug andere Kinder da, die das machen können, sagte sie und deutete auf die vielen, die nahebei auf dem Eis herumhackten.

– Ich bin aber nicht so eine Zimperliese! Ich würde mich schämen, wenn ich gar nichts täte.

Ich schämte mich vielmehr, so ein Zeug zu reden, aber das war nun mal die Richtlinie.

Schweigen. Ich setzte die Plackerei fort.

Nun trumpfte Elena mit einem Knalleffekt auf:

– Gib mir mal die Hacke, sagte sie.

Ganz verdattert sah ich sie an, ohne etwas zu sagen.

Sie nahm mir das Werkzeug ab, brachte es mit einer Riesenanstrengung hoch und knallte es auf den Boden. Dann machte sie Anstalten, das Ganze zu wiederholen.

Mir schien, ich hätte noch nie ein so unentschuldbares Sakrileg mitangesehen.

Ich entriß ihr das Instrument und sagte in sehr barschem Ton:

– Nein! Du nicht!

– Warum nicht? fragte die Hermelinstimme mit engelsreinem Ausdruck.

Ich gab keine Antwort und hackte weiter, die Augen zu Boden gerichtet.

Meine Geliebte ging mit langsamen Schritten davon; ihr war völlig bewußt, daß sie einen Punkt gutgemacht hatte.

Die Schule gab dem Krieg noch mehr kathartische Wirkung.

Der Krieg war dazu da, daß man den Feind niedermachte, damit man sich nicht selbst niedermachte.

Die Schule war dazu da, daß man auch mal mit den Alliierten abrechnen konnte.

Also war der Krieg dazu da, die Aggressivität loszuwerden, die das Leben absondert.

Und die Schule war dazu da, die Aggressivität auszuscheiden, die der Krieg absondert.

Und bei alldem waren wir sehr glücklich.

Aber die Affäre Werner brachte Unruhe unter die Erwachsenen.

Die ostdeutschen Eltern ließen die Eltern der Alliierten wissen, diesmal seien ihre Kinder zu weit gegangen.

Weil sie eine Bestrafung der Schuldigen nicht fordern konnten, forderten sie einen Waffenstillstand. Sonst müßten sie »diplomatischen Druck« ausüben.

Unsere Eltern gaben ihnen auf der Stelle recht. Wir schämten uns für sie.

Eine Delegation der Erwachsenen kam, um unseren Generälen die Leviten zu lesen. Sie behaupteten, der kalte Krieg sei mit unserem heißen Krieg nicht vereinbar. Wir müßten damit aufhören.

Eine Diskussion war nicht möglich. Die Eltern waren im Besitz der Lebensmittel, Betten und Wagen. Man konnte sich ihnen nicht widersetzen.

Immerhin hatten unsere Generäle noch so viel Schneid, daß sie geltend machten, daß wir nun einmal Feinde brauchten.

– Warum?

– Na, für den Krieg!

Wir konnten's nicht fassen, wie man eine so tautologische Frage überhaupt stellen konnte.

– Und den Krieg, braucht ihr den wirklich? fragten die Erwachsenen mit bekümmerter Miene.

Wir begriffen, wie degeneriert sie schon waren, und erwiderten nichts mehr.

Jedenfalls, solange der Frost anhielte, würden die Kampfhandlungen nicht wieder aufgenommen.

Die Erwachsenen meinten, wir hätten den Waffenstillstand unterzeichnet. In Wirklichkeit warteten wir nur auf das Tauwetter.

Der Winter war eine harte Prüfung.

Eine Prüfung für die Chinesen, die in der Kälte umkamen – was jedoch, wie ich gestehen muß, die Kinder von San Li Tun nicht kümmerte.

Eine Prüfung für die Kinder von San Li Tun, die dazu verdammt waren, in ihrer freien Zeit das Eis zu hacken.

Eine Prüfung für unsere Aggressivität, die bis zum Frühjahr im Zaum gehalten werden mußte; der Krieg war für uns wie der heilige Gral. Aber die Schicht gefrorenen Schnees, die wir wegräumen mußten, wurde jede Nacht dicker, und wir hatten den Eindruck, daß uns der Monat März immer ferner rückte. Man hätte meinen sollen, daß das Gehacke unseren Durst nach Gewalt stillte, aber im Gegenteil, es wirkte wie Öl, das man ins Feuer gießt. Manche Eisblöcke waren so hart, daß wir, um mehr Kraft aus uns herauszuholen, uns vorstellten, wir hackten auf deutsche Körper los.

Und eine Prüfung schließlich auch für mich, an allen Fronten meiner Liebe. Ich hielt mich strikt an meine Richtlinie und war gegen Elena so kalt wie der Winter in Peking.

Aber je kälter ich war, desto wärmer strahlte die kleine

Italienerin mich mit ihren großen zärtlichen Augen an. Ja, sie waren zärtlich. Ich hätte nie gedacht, daß sie einmal diesen Ausdruck annehmen könnten. Und das meinetwegen!

Ich konnte nicht wissen, daß wir zwei verschiedenen Arten angehörten. Elena war eine von denen, deren Liebe sich dort entzündet, wo man ihnen die kalte Schulter zeigt. Ich dagegen wurde um so verliebter, je mehr ich mich geliebt fühlte.

Gewiß, damit ich mich in die Schöne verliebte, war gar nicht erst nötig gewesen, daß sie ihrerseits mich zärtlich ansah. Aber ihre neuentdeckten Neigungen für mich verzehnfachten meine Leidenschaft.

Ich wurde nahezu liebestoll. Nachts sah ich in meinem Bett ihre sanften Augen vor mir, mit denen sie mich liebkost hatte, und geriet in einen hybriden Zustand, halb zitternde Überspannung, halb Ohnmacht.

Ich fragte mich, worauf ich noch wartete, bevor ich nachgab. An ihrer Liebe zweifelte ich nicht mehr. Ich mußte sie nur noch erwidern.

Ich wagte es nicht. Ich spürte, daß meine Liebe allzu gewaltige Ausmaße angenommen hatte. Ihr Eingeständnis würde mich sehr weit mit fortreißen: Es würde mehr erfordern als Worte, es würde das erfordern, was über die Worte hinausging und vor dem ich machtlos war, weil ich es nicht verstand – weil ich etwas davon erblickt hatte, ohne es zu verstehen.

Ich hielt mich an meine Richtlinie, die mir immer lästiger wurde, deren Anwendung jedoch einfach genug war.

Und Elenas Liebesblicke wurden immer beharrlicher,

immer herzzerreißender, denn je weniger ein Gesicht auf das sanft Einschmeichelnde hin angelegt ist, desto betörender wirkt es, wenn es diesen Ausdruck annimmt – und die Sanftheit ihrer pfeilspitzen Augen und die Sanftheit ihres Hexenmundes setzten mein Blut in Aufruhr.

Sofort verspürte ich das Bedürfnis, mich noch stärker zu panzern. Ich wurde eisig und peitschend wie der Hagel – und der Blick der Schönen umflorte sich mit liebevoller Zärtlichkeit.

So ging es nicht weiter.

Der Gipfel der Grausamkeit war der Schnee.

Auch wenn er zehnmal grau und häßlich war wie die Stadt der Ventilatoren, der Schnee war trotzdem der Schnee.

Der Schnee, in dem mir meine analphabetischen Irrungen das Bild der unbedingten Liebe gezeigt hatten – sicherlich nicht umsonst.

Der Schnee, der unter seiner frommen Einfalt alles andere als unschuldig war.

Der Schnee, aus dem ich Fragen las, bei denen mir erst sehr heiß und dann sehr kalt wurde.

Der Schnee, der hart und dreckig wurde und den ich schließlich aß, in der Hoffnung, eine Antwort zu finden, doch vergebens.

Der Schnee, pulverisiertes Wasser, eisiger Sand, Salz nicht der Erde, sondern des Himmels, ungesalzenes Salz, brandig schmeckend, unter den Fingern wie zermahlene Juwelen, Kälteduft, weißes Pigment, einzige Farbe, die aus den Wolken herabfällt.

Der Schnee, der alles abschwächt – die Geräusche, die Stürze, die Zeit –, um die ewigen, unwandelbaren Dinge besser zur Geltung zu bringen: das Blut, das Licht und die Illusionen.

Der Schnee, erstes Papier der Geschichte, auf das so viele Spuren von Schritten geschrieben wurden, so viele Berichte von gnadenloser Verfolgung; der Schnee, erste literarische Gattung, ein Buch, weit wie die Erdoberfläche, in dem nur von Fährten des Wildes und Wegen des Jägers die Rede war, eine Art geographisches Epos, in dem auch die kleinsten Anzeichen den Charakter von Rätseln erhielten – dieser Fußstapfen dort, stammte er von seinem Bruder oder von dem Mörder seines Bruders?

Von diesem raumgreifenden unvollendeten Werk, das man das *Buch der Weltweiten* hätte nennen können, ist nicht ein einziges Fragment erhalten geblieben – doch im Gegensatz zur Bibliothek von Alexandria sind seine Texte nicht verbrannt, sondern geschmolzen. Nur eine entfernte Reminiszenz muß uns davon geblieben sein, die mit jedem Neuschnee wieder auflebt, etwas wie eine Angst vor der weißen Seite, die ein schreckliches Verlangen in uns erweckt, die noch jungfräulichen Flächen zu betreten, mit einem exegetischen Instinkt, der uns überkommt, sobald wir die Spur eines anderen kreuzen.

Im Grunde ist es der Schnee, von dem die Erfindung des Geheimnisses ausgeht. Und damit auch die Erfindungen der Poesie, des Holzschnitts, des Fragezeichens – und der großen Verfolgungsjagd, die wir Liebe nennen.

Der Schnee war kein Leichentuch, sondern ein großes leeres Ideogramm, das ich entschlüsselte, um die Unendlichkeit der Gefühle zu erfahren, die ich meiner Geliebten darbringen wollte.

Es kümmerte mich nicht, ob mein unbekanntes Begehren rein oder unrein war.

Ich fühlte nur, daß dieser Schnee Elena noch unwiderstehlicher, das Geheimnis noch brennender und meine Richtlinie noch unerträglicher machte.

Noch nie war der Frühling so herbeigesehnt worden.

Den Blumen ist zu mißtrauen.

Besonders in Peking.

Aber der Kommunismus war für mich eine Ventilatorengeschichte, und von der Episode der Hundert Blumen wußte ich ebensowenig wie von Wittgenstein oder Ho Chi Minh.

Warnungen vor den Blumen nützen jedenfalls ohnehin nichts: Man fällt doch immer auf sie herein.

Was ist eine Blume? Ein riesengroßes Geschlechtsteil, das sich herausgeputzt hat.

Diese Tatsache ist seit langem bekannt, und trotzdem reden wir Schwachköpfe immer noch Schmus über die Zartheit der Blumen. Von manchen romantischen Verehrern sagt man sogar noch, sie seien »fleur bleue«, das heißt sentimental – etwa so ungehörig und komisch, wie wenn man sagen würde, sie hätten ein blaues Geschlechtsteil.

In San Li Tun gab es sehr wenig Blumen, und die waren sehr mickrig.

Aber immerhin, es waren Blumen.

Treibhausblumen sind schön wie Mannequins, aber sie haben keinen Geruch. Die Ghettoblumen wirkten albern:

Manche waren häßlich wie Bäuerinnen, wenn sie sich für die Stadt feingemacht haben; andere waren so unsinnig elegant wie Großstädterinnen auf dem Lande. Alle schienen irgendwie fehl am Platze zu sein.

Dennoch, wenn man die Nase in ihre Kelche steckte, wenn man die Augen schloß und sich die Ohren zuhielt, hätte man weinen mögen. Was kann das nur sein, das aus dem Innern der gewöhnlichsten Blumen aufsteigt, dieser belanglos-angenehme Geruch, was kann daran nur so herzzerreißend sein, woher kommt diese Nostalgie voller Erinnerungen, die gar nicht die eigenen sind, an Gärten, die man nie gesehen, an imperiale Schönheiten, von denen man nie auch nur gehört hat? Was hat die Kulturrevolution davon abgehalten zu verbieten, daß die Blumen nach Blumen riechen?

Im Schatten der Ghettoblüten konnte der Krieg endlich weitergehen.

Das Eis brach – eine Katastrophe in jeder Hinsicht.

1972 hatten die Erwachsenen schon unseren Krieg auf ihre Weise zurechtgebogen – was uns herzlich egal war.

Im Frühjahr 1975 sabotierten sie ihn – sie traten ihn mit Füßen. Es widerte uns an.

Kaum war das Eis weggeschmolzen, kaum waren unsere Zwangsarbeiten beendet, kaum hatten wir die Kampfhandlungen mit doppelter Begeisterung wiederaufgenommen, da kamen die verärgerten Eltern als Spielverderber dazwischen:

– Und was ist mit dem Waffenstillstand?

– Wir haben nie etwas unterschrieben.

– Ach so, ihr braucht Unterschriften? Na schön. Dafür werden wir sorgen.

Es wurde ein Albtraum von peinlichster Lächerlichkeit.

Die Erwachsenen setzten in ihrem schönsten Kauderwelsch einen Friedensvertrag auf.

Dann riefen sie die Generäle der feindlichen Lager an einem »Verhandlungstisch« zusammen, wo es nichts zu verhandeln gab. Sie lasen den französischen und den deutschen Text laut vor. Der eine war für uns so unverständlich wie der andere.

Das einzige, was wir dabei tun durften, war unterschreiben.

Aus der gemeinsamen Demütigung ergab sich eine abgrundtiefe, noch nicht dagewesene Sympathie für unsere Feinde. Und offensichtlich beruhte sie auf Gegenseitigkeit.

Sogar Werner, der doch zu dieser Parodie von einem Waffenstillstand den Anlaß gegeben hatte, schien von Abscheu erfüllt.

Zur Feier dieser Verhandlungsoperette hielten die Erwachsenen es für stilvoll, uns einen Toast ausbringen zu lassen, mit Limonadensprudel aus Kelchgläsern. Sie schienen sehr erleichtert und zufrieden zu sein, sie lächelten. Der Sekretär der ostdeutschen Botschaft, ein umgänglicher und ein bißchen abgerissen aussehender Arier, sang ein Liedchen vor.

So machten sich die Erwachsenen, nachdem sie schon unseren Krieg zurechtgebogen hatten, auch noch unseren Frieden zunutze.

Wir schämten uns für sie.

Das paradoxe Resultat dieses scheinheiligen Friedensvertrags war gegenseitiges Wohlwollen.

Die alten Feinde fielen sich in die Arme, weinend vor Wut über ihre Eltern.

Noch nie waren die Ostdeutschen bei aller Welt so beliebt gewesen.

Werner weinte. Wir küßten ihn: Er hatte uns verraten, aber das gehörte eben zum Krieg.

Und was zum Krieg gehörte, war notwendig gut und richtig.

Die Nostalgie begann schon. Auf Englisch tauschten wir die schönsten Erinnerungen an Schlachten und Foltern aus. Man hätte sich in eine Versöhnungsszene aus einem amerikanischen Film versetzt glauben können.

Das erste, oder vielmehr das einzige –, was wir zu tun hatten, war, einen neuen Feind zu finden.

Nicht jeder, der will, kann der Feind sein: Es gibt Kriterien, denen er genügen muß.

Das erste Kriterium war ein geographisches: Die auserwählte Nation mußte in San Li Tun vertreten sein.

Das zweite Kriterium war historisch: gegen frühere Verbündete durfte man nicht kämpfen. Richtig ist zwar, daß man immer nur von den eigenen Leuten verraten wird und daß einem von niemandem größere Gefahr droht als von Freunden. Dennoch, den eigenen Bruder kann man nicht angreifen; man geht nicht auf den los, mit dem man in vorderster Front Seite an Seite gekotzt, mit dem man in denselben Bottich gepißt hat. Es wäre eine Sünde wider den Geist.

Das dritte Kriterium grenzte ans Irrationale: Der Feind mußte irgend etwas Hassenswertes an sich haben. Hier konnten alle Register gezogen werden.

Manche schlugen die Albaner oder die Bulgaren vor, aus dem etwas läppischen Grund, daß sie Kommunisten seien. Diese Vorschläge fanden keinen Beifall: Die Ostblockländer, das hatten wir schon gehabt, und man hatte ja gesehen, was dabei herauskam.

– Und die Peruaner? sagte jemand.

– Warum sollte man die Peruaner hassen? fragte einer – eine Frage von schöner, metaphysischer Schlichtheit.

– Weil sie unsere Sprache nicht sprechen, antwortete einer unserer entfernten Verwandten aus Babel.

Natürlich, das war ein guter Grund.

Ein kleiner Kosmopolit gab zu bedenken, aus diesem Grund könnten wir drei Vierteln des Ghettos oder ganz China den Krieg erklären.

– Also ist es ein guter Grund, aber kein zureichender.

Wir gingen weitere Nationalitäten durch, bis mir eine Erleuchtung kam:

– Die Nepalesen! rief ich.

– Warum sollte man einen Nepalesen hassen?

Auf diese Frage, die es wert gewesen wäre, von einem Montesquieu erörtert zu werden, hatte ich eine blendende Antwort:

– Weil sie als einziges Land der Welt keine rechteckige Fahne haben.

Vor Entsetzen wurde es ganz still in der Runde.

– Ist das wahr? fragte einer, schon jetzt mit rauher Kriegerstimme.

Und ich beschrieb ihnen die nepalesische Fahne, ein teuflisch in der Längsrichtung ausgezacktes Ding aus zwei übereinanderliegenden Dreiecken.

Und von Stund an wurden die Nepalesen zu Feinden erklärt.

– O was für Dreckskerle!

– Denen zeigen wir's, diesen Nepalesen, denen zeigen wir's – von wegen keine rechteckige Fahne zu haben wie der Rest der Welt!

– Was denken die, wer sie sind, diese Nepalesen?

Der Haß funktionierte.

Die Ostdeutschen waren ebenso entrüstet wie wir. Sie baten darum, an diesem schönen Kreuzzug der Alliierten gegen die nicht-rechteckigen Fahnen teilnehmen zu dürfen. Wir waren nur allzu froh, sie ins Bündnis aufnehmen zu können. Seite an Seite mit den alten Feinden zu kämpfen, die uns verhauen und die wir gefoltert hatten, das wäre aufregend.

Die Nepalesen erwiesen sich als einzigartige Feinde.

Zahlenmäßig waren sie den Alliierten bei weitem unterlegen. Dieser Umstand war uns auf den ersten Blick sympathisch. Daß ein solches Mißverhältnis für uns beschämend sein könnte, kam uns nicht in den Sinn. Wir fanden unsere Überzahl eher angenehm.

Ihr durchschnittliches Alter war höher als unseres. Manche von ihnen waren schon fünfzehn, also an der Schwelle zur Senilität. Ein Grund mehr, sie zu hassen.

Unsere Kriegserklärung war von beispielloser Deutlichkeit: Die ersten zwei Nepalesen, die vorüberkamen, sahen sich von rund sechzig Kindern angegriffen.

Als wir sie laufenließen, bestanden sie nur noch aus Beulen und Wunden.

Die unglücklichen kleinen Gebirgsbewohner, die eben erst von ihrem Himalaya herabgestiegen waren, begriffen die Situation überhaupt nicht.

Die Kinder Katmandus, maximal sieben an der Zahl, hielten Rat. Sie entschieden sich für die einzig mögliche Politik: zu kämpfen. Angesichts unserer Methoden erkannten sie, daß diplomatische Verhandlungen nichts fruchten konnten.

Es läßt sich nicht leugnen, daß das Verhalten der Kinder von San Li Tun die absolute Negation der Vererbungsgesetze war. Der Beruf unserer Eltern bestand darin, internationale Spannungen soweit irgend möglich zu verringern. Und genau das Gegenteil taten wir. Diese Kinder!

Aber in einer Hinsicht waren wir innovativ: ein so mächtiges Bündnis, ein solcher Weltkrieg, und das alles gegen ein armes kleines Land ohne Einfluß und ohne ideologische Ansprüche – das war schon originell!

Außerdem, und ohne daß wir es wußten, waren wir der verlängerte Arm der chinesischen Politik. Während die maoistischen Soldaten in Tibet einmarschierten, griffen wir die Bergkette an einer anderen Flanke an.

Dem Himalaya blieb nichts erspart.

Aber die Nepalesen setzten uns in Erstaunen. Wir entdeckten, daß sie fürchterliche Soldaten waren; ihre Brutalität übertraf alles, was wir in drei Jahren Krieg gegen die Ostdeutschen kennengelernt hatten, die doch auch keine Waisenknaben waren.

Die Kinder Katmandus teilten Boxhiebe und Fußtritte von einer Wucht und Präzision ohnegleichen aus. Zu siebt waren sie ein beachtlicher Feind.

Wir wußten noch nicht, was die Geschichte schon mehrfach bewiesen hat: Was die Gewalt angeht, kann kein anderer Kontinent Asien das Wasser reichen.

Wir bekamen einiges ab, waren darüber aber nicht unglücklich.

Elena blieb von dem Getümmel unberührt.

Später habe ich eine verworrene Geschichte gelesen, die von einem Krieg zwischen Troja und den Griechen handelte. Alles hatte mit dem Streit um eine herrliche Frau namens Helena angefangen.

Ein Detail, über das ich grinsen mußte, wie man sich denken kann.

Natürlich gab es im übrigen keine Parallelen. Der Krieg von San Li Tun hatte nicht wegen Elena angefangen. Und sie wollte nie etwas damit zu tun haben.

Absonderlicherweise hat weniger die Ilias mir etwas über San Li Tun gesagt als San Li Tun über die Ilias. Zunächst mal bin ich sicher, daß ich für die Ilias nicht viel Sinn gehabt hätte, hätte ich an diesem Ghettokrieg nicht teilgenommen. Für mich war nicht der Mythos das Grundlegende, sondern die Erfahrung. Und ich wage zu glauben, daß diese Erfahrung manche Züge des Mythos für mich erhellt hat. Besonders in allem, was die Gestalt Helenas angeht.

Welche Geschichte könnte für eine Frau schmeichelhafter sein als die Ilias? Zwei Zivilisationen machen sich erbarmungslos nieder, der Olymp mischt sich ein, die militärische Intelligenz gewinnt die ersten Ruhmestitel, eine Welt geht unter – und das alles weswegen? Wegen eines schönen Mädchens.

Man kann sich gut vorstellen, wie das eingebildete Ding sich vor seinen Freundinnen damit aufspielt:

– Klar, meine Lieben, ein Genozid mit Intervention der Götter, und das alles nur meinetwegen! Wo ich doch gar nichts dazu getan hab! Was wollt ihr, ich bin nun mal schön, was kann ich dafür?

Die späteren Bearbeitungen des Mythos halten an Helenas radikaler Oberflächlichkeit fest, und sie wird zur Karikatur der betörenden Egoistin, die es normal und sogar liebenswert findet, wenn die Männer sich ihretwegen gegenseitig umbringen.

Mir aber, als ich im Krieg war, ist die schöne Helena begegnet, und ich habe mich in sie verliebt, und darum habe ich ein anderes Bild von der Ilias.

Weil ich nämlich gesehen habe, wie sie war, die schöne Helena, wie sie reagierte. Und das läßt mich annehmen, daß ihre ferne Vorfahrin und Namensverwandte so war wie sie.

Ich denke zum Beispiel, daß man sich kaum vorstellen kann, wie sehr der schönen Helena der trojanische Krieg egal war. Ich glaube nicht, daß sie sich etwas darauf einbildete: damit hätte sie den menschlichen Heeren schon zuviel der Ehre erwiesen.

Ich denke, daß sie weit über der ganzen Angelegenheit stand und sich im Spiegel betrachtete.

Ich denke, daß es ihr ein Bedürfnis war, die Blicke auf

sich zu ziehen – wobei es wenig darauf ankam, ob nun die Blicke der Krieger oder der Versöhnler: Von den Blicken erwartete sie, daß sie ihr etwas über sich selbst sagten, und nur über sich selbst, nicht über diejenigen, die sie auf sie richteten.

Ich denke, daß es ihr ein Bedürfnis war, geliebt zu werden. Nicht, zu lieben: zu lieben war nicht ihre Sache. Jedem das Seine.

Sollte sie den Paris geliebt haben? Es würde mich wundern. Aber es wird ihr lieb gewesen sein, daß Paris sie liebte. Was er sonst noch getrieben haben mag, hat sie nicht gekümmert.

Was war denn der trojanische Krieg? Eine ungeheuerliche Barbarei, blutrünstig, schändlich und ungerecht, im Namen einer Schönen verübt, der das Ganze so egal war wie nur möglich.

Und alle Kriege sind der trojanische Krieg, und alle guten Sachen, um deren schöner Augen willen sie geführt werden, pfeifen darauf.

Denn das einzige, was über den Krieg ehrlicherweise zu sagen wäre, wird nicht gesagt: daß man Krieg führt, weil man den Krieg liebt und weil er ein guter Zeitvertreib ist. Eine gute Sache mit schönen Augen, für die man kämpfen kann, findet man allemal.

Und darum hatte die schöne Helena recht, wenn sie meinte, daß sie die Sache nichts anging, und sich im Spiegel betrachtete.

Und mir gefiel sie sehr gut, diese Helena, die ich 1974 in Peking geliebt habe.

Viele Menschen halten sich für kriegslüstern, wenn sie in Wahrheit nur von einem Duell träumen. Die Ilias bereitet manchmal die Illusion, von einem Nebeneinander etlicher Wahlfeindschaften zu handeln: Jeder der Helden findet im gegnerischen Lager seinen vorbestimmten mythischen Widerpart, der ihm nicht mehr aus dem Kopf geht, bis er ihn getötet hat oder von ihm getötet worden ist. Doch das ist nicht Krieg; es ist Liebe, mit all dem Hochmut und dem Individualismus, den es voraussetzt. Wer würde nicht von einem Kampf bis aufs Messer mit einem ewigen Feind träumen, einem Feind, der einem ganz persönlich zugehört? Und was täten wir nicht alles, um einen Gegner zu finden, der unser würdig wäre?

Darum war unter all den Kämpfen, an denen ich in San Li Tun teilgenommen habe, meine Liebe zu Elena derjenige, der mich am besten darauf vorbereitet hat, die Ilias zu lesen. Denn im wüsten Getümmel der Schlachten war dies der einzige Kampf Mann gegen Mann, die Tjost, die endlich meinen höchsten Ansprüchen genügte.

Es wurde nicht die erhoffte körperliche Begegnung, aber sozusagen eine geistige Tjost, in der wir uns nichts schenkten. Dank Elena sollte ich mein Duell bekommen.

Und ich brauche wohl nicht erst zu sagen, daß der Gegner mir gewachsen war.

Paris war ich nicht.

Aber Elena sah mich nun mit solchen Augen an, daß ich meiner Identität bald nicht mehr so sicher war.

Ich wußte, daß ich eines Tages einbrechen würde.

Und der Tag kam.

Es war im Frühling, wann sonst, und mochten die Blumen im Ghetto auch häßlich sein, sie taten doch ihre Pflicht als Blumen, wie ehrliche Arbeiterinnen in einer Volkskommune.

Etwas Priapeisches lag in der Luft. Die Riesenventilatoren verbreiteten es überall.

Auch in der Schule.

Es war ein Freitag. Ich war seit einer Woche nicht mehr in der Schule gewesen, wegen einer Bronchitis, die ich gern noch einen Tag länger hinziehen wollte, um das Wochenende zu erreichen, aber vergebens. Ich hatte alles Erdenkliche versucht, um meiner Mutter klarzumachen, daß eine Woche Unterricht in Peking keinen intellektuellen Gewinn brächte, daß ich hundertmal mehr lernen würde, wenn ich in meinem Bett die erste Übersetzung der Geschichten aus Tausendundeiner Nacht las, und daß ich mich auch noch ein bißchen schwach fühlte. Sie wollte nichts begreifen und tischte mir ein ärgerliches Gegenargument auf:

– Wenn du am Freitag noch krank bist, bleibst du mir auch am Samstag und Sonntag im Bett, damit du richtig gesund wirst.

Ich mußte mich also fügen und wieder zur Schule gehen, an diesem Freitag, von dem ich noch nicht wußte, daß er für manche der Tag der Venus, für andere der Tag der Kreuzigung und für wieder andere der des Feuers ist, was mir jetzt im nachhinein nicht belanglos erscheint. Die Freitage meines Lebens haben die etymologische Folgerichtigkeit so weit getrieben, die drei Bedeutungen in vielerlei Abwandlungen miteinander zu verbinden.

Lange Abwesenheit adelt und macht zum Außenseiter. Der Nimbus der Krankheit isolierte mich ein wenig, und so konnte ich mich nun besser auf die Herstellung verfeinerter Modelle von Papierflugzeugen konzentrieren.

Pause. Sie soll der Erholung dienen. Nach meiner Erfahrung läuft sie meistens auf das Gegenteil hinaus: auf die Vernichtung – und nicht notwendig auf die Vernichtung von anderen.

Aber für mich waren die Pausen geheiligt, denn in den Pausen konnte ich Elena sehen.

Nun hatte ich sieben Tage verbracht, ohne sie auch nur von weitem zu sehen. Sieben Tage sind länger als die Zeit, deren es bedarf, um die Welt zu erschaffen: Sie sind eine Ewigkeit.

Die Ewigkeit ohne meine Geliebte war eine schwere Prüfung gewesen. Gewiß, meine Beziehungen zu ihr, seit ich mich an die Richtlinie hielt, beschränkten sich auf verstohlene Blicke, aber diese flüchtig aufleuchtenden Bilder waren mein ein und alles: Der Anblick eines geliebten Gesichts, besonders, wenn es ein schönes Gesicht ist, reicht aus, um ein unterernährtes Herz zu erfüllen.

Meines hatte so lange gedarbt, daß es keine Nahrung mehr aufzunehmen wagte, wie eine allzu ausgehungerte Katze: Ich getraute mich nicht einmal, Elenas Anblick zu suchen. Ich ging über den Hof, die Augen zu Boden gerichtet.

Weil es noch nicht lange her war, seit es zu tauen begonnen hatte, war der Boden morastig. Ich setzte die Füße bedachtsam auf die Fleckchen, wo er nicht ganz so feucht war. Das beschäftigte mich.

Ich sah zwei zierliche Füße in feinen Schuhen auf mich zukommen, mit anmutigen Schritten, unbekümmert um den Dreck.

Sie schaute mich an, und mit was für einem Gesicht!

Sie war so schön, von einer Schönheit, die mir wieder das idiotische Leitmotiv in den Kopf drückte, von dem schon die Rede war: »Du mußt etwas tun.«

Sie fragte mich:

– Bist du wieder gesund?

Ein Engel, der seinen Bruder im Krankenhaus besuchte, hätte keine andere Stimme haben können.

Gesund? Du kannst reden!

– Geht so.

– Du hast mir gefehlt! Ich hab dich besuchen wollen, aber deine Mutter hat gesagt, du seist zu krank.

Diese Eltern! Ich versuchte, aus dieser erstickenden Neuigkeit wenigstens einen Vorteil zu ziehen:

– Ja, sagte ich ernst und reserviert. Ich wäre beinahe gestorben.

– Wirklich?

– Ist ja nicht das erste Mal, antwortete ich und zuckte die Achseln.

Schon mehrmals dem Tod ins Auge geblickt zu haben, verlieh mir einen Adelstitel. Ich hatte meine Beziehungen.

– Aber kannst du nun wieder mit mir spielen?

Sie machte mir Anträge!

– Aber ich hab doch noch nie mit dir gespielt.

– Und du hast keine Lust?

– Ich hab noch nie Lust gehabt.

Ihre Stimme wurde sehr traurig:

– Das ist nicht wahr. Früher hattest du Lust. Du magst mich nicht mehr.

Nun mußte ich ganz schnell fortgehen, oder ich würde etwas sagen, das nicht wiedergutzumachen war.

Ich drehte mich auf dem Absatz herum und suchte nach einer Stelle, wo ich den Fuß hinsetzen konnte. Ich war dermaßen angespannt, daß es mir schwerfiel, den trockenen Boden von den Schlammpfützen zu unterscheiden.

Ich versuchte darüber nachzudenken, als Elena meinen Namen aussprach.

Es war das erste Mal.

Mir war überhaupt nicht wohl in meiner Haut. Ich wußte nicht mal, ob es ein angenehmes oder unangenehmes Gefühl war. Mein Körper wurde steif von Kopf bis Fuß, wie ein Standbild auf einem Sockel von Schlamm.

Die kleine Italienerin stapfte in einem Halbkreis um mich herum, ohne Rücksicht auf den Zustand ihrer prächtigen Schuhe. Der Anblick ihrer Füße im Schlamm machte mich ganz verstört.

Nun stand sie mir wieder gegenüber.

Auch das noch: sie weinte!

– Warum magst du mich nicht mehr?

Ich weiß nicht, ob sie die Fähigkeit besaß, nach Belieben zu weinen. Wie dem auch sei, ihre Tränen waren sehr überzeugend.

Die Kunst des Weinens beherrschte sie in Vollendung: gerade nur ein wenig, so daß es nicht unästhetisch wurde, die großen Augen weit offen, so daß der strahlende Blick frei blieb und man jede Träne einzeln verfolgen konnte, wie sie sich langsam ballte und überfloß.

Sie rührte sich nicht, sie wollte, daß ich die Vorführung bis zu Ende ansah. Ihr Gesicht war vollkommen regungslos: Sie blinzelte nicht mal – so als hätte sie die Szene von ihrem Schauplatz entrückt und alle näheren Umstände der Handlung beiseitegeschoben, um das Wunder besser ausleuchten zu können.

Elena und weinend: zwei unvereinbare Worte.

Ich rührte mich ebensowenig wie sie und hielt die Augen auf ihre Augen gerichtet: wie bei dem Spiel, bei dem es darum geht, wer zuerst blinzeln muß. Aber der eiserne Druck dieser Blicke wirkte in Wahrheit viel tiefer.

Ich spürte, daß es ein Kampf war, und wußte nicht, was dabei auf dem Spiel stand – und ich wußte, daß sie wußte, was auf dem Spiel stand, daß sie wußte, worauf sie hinaus und wozu sie mich bringen wollte, und daß sie wußte, daß ich es nicht wußte.

Sie schlug sich tapfer. Sie schlug sich, als ob sie mich von jeher kannte, als ob sie meine Schwächen mit Röntgenaugen durchschaute. Wenn sie keine so vollendete Kämpferin gewesen wäre, hätte sie nicht diesen waidwunden Blick auf mich gerichtet, über den ein Mensch bei gesundem Verstand gelacht hätte, der mein armes, verrenktes Herz aber traf wie ein Torpedo.

Ich hatte erst zwei Bücher gelesen: die Bibel und die Geschichten aus Tausendundeiner Nacht. Diese schädlichen Bücher hatten mich mit einer mittelöstlichen Sentimentalität angesteckt, für die ich mich damals schon schämte. Gegen diese Bücher sollte die Zensur einschreiten.

Jetzt war dies eben mein Kampf mit dem Engel, und ich hatte den Eindruck, ihn ebensogut bestehen zu können wie Jakob. Ich erlaubte mir kein Blinzeln, und mein Blick verriet nichts.

Ich weiß nicht und werde nie erfahren, ob Elenas Tränen echt waren. Wenn ich es wüßte, könnte ich jetzt angeben, ob das, was folgte, ein Meisterstück ihrerseits oder ein Zufallstreffer war.

Vielleicht war es beides zugleich, was bedeuten würde, daß sie ein Risiko einging.

Sie schlug die Augen nieder.

Das war die Niederlage, in sehr viel stärkerer Form, als wenn sie geblinzelt hätte.

Sie senkte sogar den Kopf, wie um zu betonen, daß sie verloren habe.

Und aufgrund des allgemeinen Gesetzes der Schwerkraft bewirkte dieses Senken des Kopfes eine Entleerung ihrer Tränenspeicher, und ich sah zwei stumme Bächlein ihre Wangen hinabfließen.

Ich hatte also gewonnen. Aber man darf mir glauben, daß dieser Sieg nicht zu ertragen war.

Ich begann zu reden; ich sagte all das, was ich nicht hätte sagen dürfen:

– Elena, ich habe gelogen. Seit Monaten lüge ich schon.

Zwei Augen hoben sich wieder. Es wunderte mich, daß nichts von Verwunderung in ihnen zu lesen war: Sie lagen auf der Lauer.

Es war schon zu spät.

– Ich liebe dich. Ich habe dich immer geliebt. Ich habe dich nicht mehr angesehen wegen der Richtlinie. Aber ich habe dich trotzdem angesehen, heimlich, weil ich es gar nicht lassen kann, dich anzusehen, weil du die Schönste bist und weil ich dich liebe.

Eine weniger grausame Hexe als sie hätte nun schon etwas gesagt, vielleicht: »Verrate nicht noch mehr!« Elena sagte nichts und betrachtete mich mit klinischem Interesse. Es war mir klar.

Der Irrtum wirkt wie Alkohol: Sehr schnell wird einem bewußt, daß man zu weit gegangen ist; doch anstatt nun klugerweise aufzuhören, um den Schaden zu begrenzen, läßt man sich von einer Art Wut weitertreiben, deren Ursprung nicht in dem Rausch liegt. Diese Raserei, so verrückt es klingt, könnte man Stolz nennen: den Stolz, der ohne Rücksicht auf alles, was dagegen spricht, versichert, daß man recht hatte, sich zu betrinken, und recht hatte, sich zu irren. Das Beharren auf dem Irrtum oder auf dem Trunk gewinnt die Kraft eines Arguments, das die Logik selbst in die Schranken fordert: Wenn ich mich so darauf versteife, dann heißt das, daß ich recht habe, egal, was andere denken mögen. Und auf meinem Recht werde ich so lange beharren, bis die Elemente selbst mir zustimmen: Ich werde Alkoholiker, ich trete in die Partei ein, die meinen Irrtum verficht, und in der Zwischenzeit schadet es nichts, wenn ich unter den Tisch sinke oder man sich über mich lustig macht; irgendwie hege ich sogar eine aggressive Hoffnung, für die ganze Welt zum Gespött zu werden, denn ich weiß ja, in zehn Jahren oder in zehn Jahrhunderten werden die Zeit, die Geschichte oder die Sagen der Nachwelt mir endlich doch recht geben – nur daß es dann keinen Sinn mehr hat, denn die Zeit bürgt für alles, jeder Irrtum und jeder Fehler bekommt irgendwann sein goldenes Zeitalter, und was richtig oder falsch ist, darüber entscheidet die Epoche.

Wer sich auf seinen Irrtum versteift, ist im Grunde ein Mystiker: Im Innersten weiß er wohl, daß er allzu langfristig plant, daß er längst tot sein wird, wenn die Geschichte ihr Versprechen einlöst, aber mit einem messianischen Gefühl projiziert er sich in die Zukunft und ist überzeugt, daß man sich seiner erinnern wird – daß man im goldenen Zeitalter der Alkoholiker sagen wird: »Tresenpfosten Sowieso war unser großer Vorläufer«, und daß er zur Kultfigur wird, wenn die Idiotie im Zenit steht.

Ich jedenfalls, im Monat März 1975, wußte sofort, daß ich einen Fehler machte. Und weil ich gläubig genug für die echte Schwachköpfigkeit war, das heißt, für das Ehrgefühl, traf ich die Entscheidung, den Fehler unkorrigierbar zu machen:

– Jetzt werde ich nicht mehr so tun. Oder vielleicht fange ich auch wieder damit an, aber dann weißt du ja, daß ich nur so tue.

Da ging ich wirklich zu weit.

Elena muß wohl eine Übertreibung dieses Grades nicht mehr lustig gefunden haben. Mit einer vernichtenden Kälte, die von ihrem Blick bestätigt wurde, sagte sie:

– Das ist alles, was ich wissen wollte.

Sie machte kehrt und ging mit langsamen Schritten, die sich in den Schlamm kaum eindrückten, davon.

Daß ich mir über meinen Fehler im klaren war, half mir nicht, die Folgen zu tragen. Außerdem fand ich, daß man mich allzu schnell die Rechnung begleichen ließ; ich hatte nicht mal Zeit gehabt, meine Irrtümer auszukosten.

Ich sprang mit beiden Beinen in den Dreck, um der Schönen zu folgen.

– Und du, Elena, liebst du mich auch?

Sie sah mich mit höflich-zerstreuter Miene an, was allein schon Antwort genug war, und ging weiter.

Es traf mich wie eine Ohrfeige. Die Wangen glühten mir vor Zorn, vor Verzweiflung und Scham.

Es kommt vor, daß der Stolz die Würde zum Teufel jagt. Wenn auch noch eine Wahnsinnsliebe hinzukommt, die sich verhöhnt sieht, kann die Katastrophe gewaltige Ausmaße annehmen.

Mit einem Sprung, der den Schlamm aufspritzen ließ, war ich wieder bei meiner Geliebten.

– O nein! Du machst es dir zu leicht! Wenn du mir weh tun willst, dann mußt du mich dabei ansehen.

– Warum? Soll das interessant sein? sagte die Hermelinstimme.

– Das ist doch nicht mein Problem! Du hast gewollt, daß es mir weh tut, also wirst du mir zusehen.

– Ich habe von dir etwas gewollt? sagte sie, neutral wie die Schweiz.

– Das ist die Höhe!

– Warum redest du so laut? Willst du denn, daß alle dich hören?

– Ja, will ich!

– Aha! Gut.

– Ja, alle sollen es wissen!

– Alle sollen wissen, daß du zu leiden hast und daß man dir dabei zusehen muß?

– Genau!

– Aha!

Ihre vollkommene Gleichmütigkeit war umgekehrt proportional dem zunehmenden Interesse der anderen Kinder. Um uns bildete sich ein kleiner Kreis.

– Bleib stehen! Sieh mich an!

Sie blieb stehen und sah mich an, mit geduldiger Miene, wie man einen armen Teufel ansieht, der ein Kunststück vorführen will.

– Ich möchte, daß du es weißt, und ich möchte, daß sie es auch wissen. Ich liebe Elena, und darum tu ich, was sie von mir verlangt, bis zum Umfallen. Auch wenn es sie gar nicht mehr interessiert. Als ich ohnmächtig geworden bin, war es, weil Elena verlangt hatte, ich sollte rennen, ohne anzuhalten. Und das hat sie verlangt, weil sie gewußt hat, daß ich Asthma habe, und weil sie gewußt hat, daß ich ihr gehorche. Sie hat gewollt, daß ich mich kaputtmache, aber sie hat nicht gewußt, daß ich so weit gehen würde. Denn daß ich euch jetzt alles erzähle, das mach ich auch, um ihr zu gehorchen. Um mich völlig kaputtzumachen.

Die Kleinsten sahen nicht so aus, als ob sie das verstünden, aber die anderen verstanden es. Diejenigen, die mich gern hatten, schauten mich bedrückt an.

Elena blickte auf ihre hübsche Armbanduhr.

– Die Pause ist fast vorbei. Ich gehe wieder in die Klasse, sagte sie wie eine Musterschülerin.

Die Zuschauer lächelten. Sie schienen das alles eher komisch zu finden. Zum Glück waren es nur dreißig oder fünfunddreißig, etwa ein Drittel der Schüler. Es hätte schlimmer sein können.

Trotzdem, mein Sabotageakt war mir gelungen.

Ich delirierte noch etwa eine Stunde lang weiter. Ich verspürte einen unbegreiflichen Stolz.

Dann fiel das Hochgefühl sehr schnell in sich zusammen.

Um vier Uhr erinnerte ich mich an den Vormittag nur noch mit Bestürzung.

Am gleichen Abend unterrichtete ich meine Eltern, daß ich so bald wie möglich aus China fort wollte.

– Das wollen wir alle, sagte mein Vater.

Beinah hätte ich ihm geantwortet: »Ja, aber ich habe dafür gute Gründe.« Zum Glück hatte ich die Eingebung, diese Antwort zu unterdrücken.

Mein Bruder und meine Schwester hatten die Sache nicht mitangesehen. Man hatte sich damit begnügt, ihnen zu erzählen, ihre kleine Schwester habe eine Vorstellung gegeben, was ihnen kein Trauma bereitete.

Bald darauf erfuhr mein Vater von seiner Versetzung nach New York. Ich sprach ein Dankgebet an Christoph Kolumbus.

Bis zum Sommer mußten wir noch warten.

Die letzten Monate lebte ich in Schande. Meine Scham war jedoch übertrieben: Die Kinder hatten meine Szene ganz schnell wieder vergessen.

Elena vergaß sie nicht. Wenn ihr Blick dem meinen begegnete, las ich darin eine spöttische Zurückweisung, die mich quälte.

Eine Woche vor unserer Abreise mußte der Krieg gegen die Nepalesen eingestellt werden.

Dieses Mal konnten die Eltern nichts dafür.

Bei einem Kampf zog einer von den Nepalesen einen Dolch aus der Tasche.

Bis dahin hatten wir bei den Kämpfen immer nur den Körper eingesetzt – sowohl den Körper als Behälter als auch die Inhalte. Waffen hatten wir nie benutzt.

Das Vorzeigen der blanken Klinge hatte auf uns die gleiche Wirkung, wie sie die zwei Atombomben auf Japan gehabt hatten.

Unser oberster General tat das Undenkbare: Er schritt, eine weiße Fahne schwenkend, durchs ganze Ghetto.

Nepal nahm das Friedensangebot an.

Wir verließen China gerade zur rechten Zeit.

Der übergangslose Umzug von Peking nach New York gab meinem inneren Gleichgewicht den Rest.

Meine Eltern verloren den Verstand. Sie verwöhnten ihre Kinder bis zum äußersten. Mir war es recht. Ich wurde unausstehlich.

Auf dem französischen Gymnasium in New York waren zehn Mädchen unsterblich in mich verliebt. Ich quälte sie bis aufs Blut.

Es war eine herrliche Zeit.

Vor zwei Jahren führten die Zufälle der Diplomatie meinen Vater bei irgendeinem Empfang in Tokio mit Elenas Vater zusammen.

Wiedersehensfreude, Austausch von Erinnerungen an die gute alte Zeit in Peking. Höfliche Erkundigungen:

– Und was machen Ihre Kinder, *cher ami*?

Und auf dem Umweg über einen fahrig geschriebenen Brief meines Vaters erfuhr ich, daß Elena eine Femme fatale geworden war. Sie studierte in Rom, wo zahllose Unglückliche davon sprachen, sich ihretwegen umbringen zu wollen, sofern sie es nicht schon getan hatten.

Die Nachricht versetzte mich in sehr gute Laune.

Elena sei Dank, weil ich von ihr alles über die Liebe gelernt habe.

Und Elena sei Dank, weil sie ihrer Legende treu geblieben ist.

Amélie Nothomb

Die Reinheit des Mörders

Roman. Aus dem Französischen von
Wolfgang Krege

Der Erstling einer fünfundzwanzigjährigen Autorin – eine glänzende Satire auf den Medienbetrieb mit wunderbaren Gedanken über die Wirkung von Literatur. Ein Buch, das überrascht, beunruhigt – und verändert.

»Ein erster Wurf und gleich ein Meisterstück!«
Le Quotidien, Paris

»Eines jener seltenen Bücher, die man mit Vergnügen in einem Zug liest, ein geistreicher Kriminalroman mit Witz und Esprit voll hintergründiger, höchst origineller Thesen zu den Themen Schreiben, Lesen, Medien und Frauen – also nicht gerade wenig.«
Anita Pollak/Kurier, Wien

»Ein intellektueller Schlagabtausch zwischen einem monströsen Zyniker und Frauenhasser und einer gescheiten Frau. Beide treiben die Frage nach dem Sinn des Daseins, der Liebe und der Literatur bis zum Äußersten.« *Ellen Pomikalko/Brigitte, Hamburg*

»Erstaunlich, wie profund und abgründig Amélie Nothomb erzählt.«
Christian Seiler/Die Weltwoche, Zürich

»So jung und so genial!«
Michaela Wagner/Süddeutscher Rundfunk, Stuttgart

»Ein Buch voller Esprit.«
Elisabeth Grotz/Die Presse, Wien

Barbara Vine
im Diogenes Verlag

Die im Dunkeln sieht man doch

Roman. Aus dem Englischen von
Renate Orth-Guttmann

Der Fall der Vera Hillyard, die kurz nach dem Krieg wegen Mordes zum Tod durch den Strang verurteilt und hingerichtet wurde, wird wieder aufgerollt. Briefe, Interviews, Erinnerungen, alte Photographien fügen sich zu einem Psychogramm, einer Familiensaga des Wahnsinns. Schicht um Schicht entblättert Barbara Vine die Scheinidylle eines englischen Dorfes, löst zähe Knoten familiärer Verflechtungen und entblößt schließlich ein Moralkorsett, dessen psychischer Druck nur noch mit Mord gesprengt werden konnte.

»Barbara Vine ist die beste Thriller-Autorin, die das an Krimi-Schriftstellern nicht eben arme England aufzuweisen hat. Ein Psycho-Thriller der Super-Klasse.« *Frankfurter Rundschau*

Es scheint die Sonne noch so schön

Roman. Deutsch von Renate Orth-Guttmann

Ein langer, heißer Sommer im Jahr 1976. Eine Gruppe junger Leute sammelt sich um Adam, der ein altes Haus in Suffolk geerbt hat. Sorglos leben sie in den Tag hinein, lieben, stehlen, existieren. Zehn Jahre später werden auf dem bizzaren Tierfriedhof des Ortes zwei Skelette gefunden – das einer jungen Frau und das eines Säuglings…

»Der Leser glaubt auf jeder zweiten Seite, den Schlüssel zur Lösung des scheinbar kriminellen Mysteriums in Händen zu halten, doch – der Schlüssel paßt nicht, sperrt nicht, klemmt… Keine Frage, dieser Roman ist ein geglückter Thriller, ein famos geglückter, wofür diese Autorin auch bürgt.« *Wiener Zeitung*

Das Haus der Stufen

Roman. Deutsch von
Renate Orth-Guttmann

Eine der großen Lügnerinnen der Welt, nennt Elisabeth die junge Bell. Und trotzdem, oder vielleicht deswegen: noch nie zuvor war Elisabeth von einer Frau dermaßen fasziniert. Selbst als Bells kriminelle Vergangenheit offenkundig wird, kann sich Elisabeth nicht aus ihrer Liebe zu Bell lösen. Immer wieder findet sie Erklärungen und Entschuldigungen für das unglaubliche Verhalten dieser mysteriösen Frau.

»Barbara Vine alias Ruth Rendell ist in der englischsprachigen Welt längst zum Synonym für anspruchvollste Kriminalliteratur geworden.«
Österreichischer Rundfunk, Wien

Liebesbeweise

Roman. Deutsch von
Renate Orth-Guttmann

»*Liebesbeweise* ist Barbara Vines bisher eindringlichster Exkurs in die dunklen Geheimnisse der Obsessionen des Herzens. Dieser Roman betrachtet und prüft mancherlei Arten von Liebe: die romantische Liebe, die elterliche Liebe, die abgöttische Liebe, die besitzergreifende Liebe, die selbstlose Liebe, die erotische Liebe, die platonische Liebe und die kranke Liebe.«
The New York Times Book Review

»Wer die englische Autorin kennt, weiß, daß es in *Liebesbeweise* wieder um ein veritables Verbrechen geht, daß dieser Kriminalroman aber in Wirklichkeit wieder ein Reisebericht über eine zerklüftete Landschaft emotionaler Verstrickungen ist. Die Landschaften wechseln bei Barbara Vine, gleich bleibt die suggestive Verführungskraft, mit der sie ihre Leser in immer neue Abgründe zieht. Man wird süchtig...«
profil, Wien

König Salomons Teppich

Roman. Deutsch von Renate Orth-Guttmann

Welcher fliegende Teppich trägt uns – wie ehedem Salomon – heute überallhin? Die Londoner U-Bahn! Von ihr aber gibt es Geschichten zu erzählen, die alles andere als märchenhaft sind. Hart und verwegen geht es zu in den Tunneln der Tube, wo die Gesetze der Unterwelt gelten. Eine Geschichte der U-Bahn schreibt der exzentrische Jarvis. Und gleichzeitig steht er einem Haus vor, in dem die unterschiedlichsten Außenseiter Unterschlupf finden, wenn sie nicht gerade in der U-Bahn unterwegs sind.

»Zum geheimnisvollen, bedrohlichen Labyrinth werden die Stationen, Tunnels, Lift- und Luftschächte der Londoner U-Bahn in *König Salomons Teppich*. Barbara Vine, die Superfrau der Crime- und Thrillerwelt, ist in absoluter Hochform. Ergebnis: hochkarätige , bei aller mordsmäßigen Spannung vergnügliche Literatur.« *Cosmopolitan, München*

Astas Tagebuch

Roman. Deutsch von Renate Orth-Guttmann

Einsam im fremden England, vertraut Asta, eine junge Dänin, die Freuden und Nöte ihres Familienalltags einem Tagebuch an: Erziehung der Söhne, Probleme mit dem Mann, ihre Bemühungen um Eigenständigkeit in der anderen Umgebung, das Nahen des Ersten Weltkriegs... Kein leichtes Schicksal, wäre nicht Swanny, ihre Lieblingstochter, die der Mutter treu zur Seite steht. Doch ob Swanny überhaupt Astas Tochter ist? Und könnte es Verbindungen geben zu dem skandalösen Mordprozeß im Fall Roper? Barbara Vine kombiniert meisterhaft ein Familiendrama mit einer Kriminalgeschichte.

»Das bislang Beste aus der Feder von Barbara Vine alias Ruth Rendell.« *Literary Review, London*

Ingrid Noll im Diogenes Verlag

Der Hahn ist tot

Roman

Mit zweiundfünfzig Jahren trifft sie die Liebe wie ein Hexenschuß. Diese letzte Chance muß wahrgenommen werden, Hindernisse müssen beiseite geräumt werden. Sie entwickelt eine bittere Tatkraft: Rosemarie Hirte, Versicherungsangestellte, geht buchstäblich über Leichen, um den Mann ihrer Träume zu erbeuten.

»Die Geschichte mit dem überraschenden Schluß ist eine Mordsgaudi. Ein Krimi-Spaß speziell für Frauen. Ingrid Noll hat das mit einem verschwörerischen Augenblinzeln hingekriegt. Wenn die Autorin so munter weitermordet, wird es ein Vergnügen sein, auch ihr nächstes Buch zu lesen.«
Martina I. Kischke/Frankfurter Rundschau

»Ein beachtlicher Krimi-Erstling: absolut realistisch erzählt und doch voll von schwarzem Humor. Der Grat zwischen Karikatur und Tragik ist haarscharf gehalten, die Sache stimmt und die Charaktere auch. Gutes Debüt!« *Ellen Pomikalko/Brigitte, Hamburg*

»Wenn Frauen zu sehr lieben... ein Psychokrimi voll trockenem Humor. Spielte er nicht in Mannheim, könnte man ihn für ein Werk von Patricia Highsmith halten.« *Für Sie, Hamburg*

Die Häupter meiner Lieben

Roman

Maja und Cora, Freundinnen seit sie sechzehn sind, lassen sich von den Männern so schnell nicht an Draufgängertum überbieten. Kavalierinnendelikte und böse Mädchenstreiche sind ebenso von der Partie wie Mord und Totschlag. Wehe denen, die ihrem Glück in der Toskana im Wege stehen! *Die Häupter meiner Lieben* ist ein rasanter Roman, in dem die Heldinnen ihre Familienprobleme auf eigenwillige Weise lösen.

»Eine munter geschriebene Geschichte voll schwarzen Humors, richtig süffig zu lesen. Ingrid Noll kann erzählen und versteht es zu unterhalten, was man von deutschen Autoren bekanntlich nicht oft sagen kann.«
Frankfurter Allgemeine Zeitung

»Ein herzerquicklich unmoralischer Lesestoff für schwarze Stunden.« *Der Standard, Wien*

»Spätestens seit im Kino *Thelma & Louise* Machos verschreckt haben, floriert überall der biestige Charme gewissenloser Frauenzimmer. Ihre Waffen: flinke Finger, Tränen, Zyankali.« *stern, Hamburg*

»So schamlos amoralisch, charmant und witzig wurden Männer bisher nicht unter den Boden gebracht.«
SonntagsZeitung, Zürich

Die Apothekerin

Roman

Hella Moormann, von Beruf Apothekerin, leidet unter ihrem Retter- und Muttertrieb, der daran schuld ist, daß sie immer wieder an die falschen Männer gerät – und in die abenteuerlichsten Situationen: Eine Erbschaft, die es in sich hat, Rauschgift, ein gefährliches künstliches Gebiß, ein leichtlebiger Student und ein Kind von mehreren Vätern sind mit von der Partie. Und nicht zu vergessen Rosemarie Hirte in der Rolle einer unberechenbaren Beichtmutter…

»Das kommt in den besten Familien vor: Wieder scheint dies die Quintessenz der Geschichte. Mord und Totschlag passieren bei Ingrid Noll ganz beiläufig, scheinbar naturnotwendig. Das macht ihre Bücher ebenso amüsant wie hintergründig.« *Darmstädter Echo*

»Ingrid Noll ist Deutschlands erfolgreichste Krimi-Autorin.« *Der Spiegel, Hamburg*

»Weit mehr als für Leichen interessiert sich die Autorin für die psychologischen Verstrickungen ihrer Figuren, für die Motive und Zwangsmechanismen, die zu den Dramen des Alltags führen.«
Mannheimer Morgen

»Die Unverfrorenheit, mit der sie ihre Mörderinnen als verfolgte Unschuld hinstellt, ist grandios.«
Der Standard, Wien

»Eine fesselnd formulierende, mit viel schwarzem Humor ausgestattete Neurosen-Spezialistin in Patricia-Highsmith-Format.«
M. Vanhoefer/Münchner Merkur

Carmen Covito
Single

Roman. Aus dem Italienischen von
Linde Birk

Hätte sie Marilyn geheißen, wäre sie blond und langbeinig gewesen und hätte die Wolkenkratzer von Manhattan als Kulisse hinter sich gehabt, dann hätte sie es sicher nie nötig gehabt, auf eine Kontaktanzeige für Liebhaberdienste zu antworten.
Aber sie heißt Marilina Labruna, lebt in einem häßlichen Mailänder Randbezirk, ist Anfang Vierzig und gewiß keine Schönheit, und sie fristet ihr bescheidenes Dasein damit, daß sie für reiche Herrensöhnchen Doktorarbeiten auf Bestellung verfaßt. Marilina ist der Prototyp des weiblichen Großstadt-Singles, intelligent, aber mit wenig Bestätigung in der Arbeit, gefühlsmäßig unbefriedigt und körperlich eher unscheinbar, aber sie gibt sich nicht geschlagen, ja sie schafft es sogar, sich auf ihre Art königlich zu amüsieren.
Wie Alice im Wunderland der ungeheuerlichsten und komischsten italienischen Normalität entdeckt Marilina – ausgerechnet im Mailand der sterilen Modeschönheiten –, daß auch eine Unscheinbare umwerfend sexy sein kann, wenn sie nur ihrem Körper vertraut.
Ein Erstling von ungewöhnlichem Humor und großer sprachlicher Virtuosität. Carmen Covito hat für ihre Leserinnen einen Molotowcocktail gemischt – gegen die Vorurteile des gängigen Schönheitsbegriffs.

»Skandalöse Carmen! Sie hat die munterste weibliche Figur dieser literarischen Saison erfunden und mit ihrem ersten Roman Aufsehen erregt.«
Il Mattino, Neapel

Premio Bancarella 1993

Doris Dörrie im Diogenes Verlag

Liebe, Schmerz und das ganze verdammte Zeug

Geschichten

Vier großartige, liebevolle, traurige, grausame Geschichten: *Mitten ins Herz, Männer, Geld, Paradies.* Geschichten von befreiender Frische.

»Doris Dörrie ist eine beneidenswert phantasiebegabte Autorin, die mit ihrer unprätentiösen, aber sehr plastischen Erzählweise den Leser sofort in den Bann ihrer Geschichten schlägt, die alle so zauberhaft zwischen Alltag und Surrealismus oszillieren. Ironische Märchen der 80er Jahre – Kino im Kopf.«
Der Kurier, Wien

»Ihre Filme entstehen aus ihren Geschichten.«
Village Voice, New York

»Was wollen Sie von mir?«

und 15 andere Geschichten

»Es ist vollkommen gleichgültig, ob Sie Doris Dörrie in der Badewanne, im Intercity-Großraumwagen, im Lehnstuhl oder in der Straßenbahn lesen, nur: Lesen Sie sie! Lassen Sie sich nicht irre machen von naserümpfenden Kritikern, diese sechzehn Short-Stories gehören durchweg in die Oberklasse dieser in Deutschland stets stiefmütterlich behandelten Gattung.« *Deutschlandfunk, Köln*

»Vor allem freut man sich, daß Doris Dörrie den eitlen Selbstbespiegelungen der neuen deutschen Weinerlichkeit eine frische, starke und sensible Prosa entgegenstellt.« *Kölnische Rundschau*

Der Mann meiner Träume

Erzählung

Doris Dörrie erzählt die Geschichte von Antonia, die den Mann ihrer Träume tatsächlich trifft. Sie erzählt eine moderne Liebesgeschichte, eine heutige Geschichte, deren Thema so alt ist wie die Weltliteratur, eine Geschichte von der Liebe.

»Ein erzählerisches Naturtalent mit einem beneidenswerten Vermögen, unkompliziert und gekonnt zu erzählen. Der Leser beendet die Lektüre mit höchst bewußtem Bedauern darüber, daß er diese kurzweilige, unprätentiöse Erzählung schon hinter sich hat.«
Frankfurter Allgemeine Zeitung

Für immer und ewig

Eine Art Reigen

Ein überschaubarer Kreis von Personen, darunter auch das Model Antonia, im ewigen Karussell des Lebens: Man begegnet sich, verliert sich wieder aus den Augen, liebt und leidet.

»Die Dörrie ist in diesem Buch auf der Höhe ihrer Männer- und Frauencharakterstudien. Ein Buch zum Lachen und zum Weinen. Zum genießerischen Wehmütigsein und zum sinnigen Nachdenken.«
Die Welt, Bonn

Love in Germany

Deutsche Paare im Gespräch
mit Doris Dörrie

»Doris Dörrie hat die *Love in Germany* erkundet – in 13 anrührenden und saukomischen Interviews mit deutschen Paaren zwischen Mittelmaß und Beziehungswahn. Ganz normale Leute, aber alle sind mit ihren Ramponiertheiten und unverwüstlichen Liebesträumen Persönlichkeiten. Aufschlußreicher als jede Statistik.« *stern, Hamburg*

Bin ich schön?

Erzählungen

Leopold und seine junge Frau wollen es anders machen als die spießigen Nachbarn ihrer niederbayrischen Umgebung. Sie bitten die vietnamesische Asylantenfamilie Hung zu sich ins Haus, laden sie zum Tee und zum Essen ein, schenken ihnen warme Winterkleidung und ein Paar *Neue Schuhe für Frau Hung.* Doch nach ein paar Tagen kapitulieren sie vor den kulturellen Unterschieden, die trotz guten Willens unüberwindbar scheinen.

Charlotte will wieder arbeiten gehen und sucht ein Kindermädchen für ihre kleine Tochter. Aber nicht irgendeins, sondern »ich möchte einen Babysitter, der mich verehrt, nicht stört und immer verfügbar ist«. Natürlich muß sich das Kindermädchen schnell in ›gesunde Ernährung‹ und ›angstfreie Erziehung‹ einarbeiten lassen, und ein gutes Karma sollte sie auch haben. Anita, ein junges Mädchen aus Ostdeutschland, die erst seit zwei Wochen im Westen ist, macht das Rennen: *Gutes Karma aus Zschopau* und seine Folgen...

Mit liebevoll-kritischem Blick nimmt Doris Dörrie die aufgeklärte, alternative Intellektuellenszene aufs Korn.

Sechzehn tragisch-komische Geschichten, die nachdenklich stimmen, weil sie so hemmungslos ehrlich sind.

»Doris Dörrie ist eine ausgezeichnete Kurzgeschichten-Schreiberin mit der erforderlichen Prise Selbstironie und mit stilistischer Eleganz.«
Annemarie Stoltenberg/Die Zeit, Hamburg

Connie Palmen
Die Gesetze

Roman. Aus dem Niederländischen von Barbara Heller

In sieben Jahren begegnet die Ich-Erzählerin, eine junge Studentin, sieben Männern: dem Astrologen, dem Epileptiker, dem Philosophen, dem Priester, dem Physiker, dem Künstler und dem Psychiater. Sie begehrt an diesen Männern vor allem das Wissen, das sie befähigt, die Welt zu verstehen und zu beurteilen. Sie versucht die Gesetze, die sie sich für ihr Leben gewählt haben, zu ergründen, sucht nach dem, was Halt in einer unsicheren Welt geben kann.

»Ein ernstes, gedankenvolles Buch, eine leidenschaftliche Suche nach Wahrheit und Glück. Und ein sehr gescheites und humorvolles Buch, lakonisch im Stil, elegant in der Argumentation.« *Trouw, Amsterdam*

»Ein fulminantes, erstaunliches Romandebut von philosophischer Tiefe und erquickender Frische.«
Brigitte Ulmer/annabelle, Zürich

»Ein Wunder – das Wunder eines gelungenen modernen Entwicklungsromans – ist, daß bei so viel Konzept, bei so viel Klugheit und Überblick das Erzählen nicht zu kurz kommt. Daß Tiefsinn und Selbstironie, Gedanke und Einfachheit, distanzierte Subjektivität und lakonische Feinheit der szenischen Beschreibung miteinander bestehen können. Daß die großen Themen – Sprache und Lüge, Liebe und Projektion – so leicht und dennoch eng verwoben daherkommen. Und nicht zuletzt: daß das Buch der Suche ein Findebuch ist, temporeich, lakonisch, voll Überraschungen.« *Dorothea Dieckmann/Die Zeit, Hamburg*

»Sehr lebendig und ebenso philosophisch erzählt. Ein Bestseller der Extraklasse.«
Rolf Grimminger/Süddeutsche Zeitung, München